JN043148

NOIS

警視庁国家観測調査室

藤崎 都

white heart

講談社X文庫

目次

イラストレーション／あづみ冬留

NOIS《ノイズ》 警視庁国家観測調査室

1

都心の一等地に建つハイエンドのシティホテルの一室に呼び出された待鳥《まちどり》葵《あおい》は、緊張の面持ちでロビーに足を踏み入れた。

煌《きら》びやかなシャンデリアに大理石の階段、大きなフラワーアレンジメントが非日常を演出している。

ここへ来たのは任務の一環だが、身に着けているのはいつもの警察官の制服ではなく私服だ。ホテル客として溶け込めるよう出張でやってきたビジネスマンを装って、ダークグレーのスーツにネクタイは締めず、着替えを詰めた小型のキャリーバッグを引いている。

腕時計で時間を確認し、エレベーターに乗り込んだ。ドアを閉めようというそのとき老婦人がこちらを目指していることに気づき、開くボタンを押して彼女を待つ。できるだけ人との接触は避けたいが、目が合ってしまった以上無視もできなかった。

「ありがとうね、助かったわ」

「いえ。何階ですか？」

「三十五階をお願いできるかしら」

「わかりました」

葵の目的階は四十階だが、三十五階に続けて三十六階も押しておく。警戒すべき相手だとは思えないが、念のためだ。

縁の太い眼鏡《メガネ》を押し上げながら、緊張を解《ほぐ》そうと密《ひそ》かに深呼吸をする。

こんなふうに任務で『外』に呼び出されたのは初めてのことだ。足下からゾクゾクとしたものが這《は》い上がってきたけれど、これは不安から来るものではなく武者震いだろう。

（……やっと来たチャンスだからな）

葵が国立大学の法学部に進学し、公務員試験の警視庁警察官Ⅰ類を受験したのは偏《ひとえ》に安定した生活のためだ。両親を早くに亡くし、祖父母に育てられた葵にとって浮き沈みがないということが外せない第一条件だった。

公務員なら何でもよかった。だが、その中から警察官を選んだのは、亡くなった父が警察官だった影響だろう。自分に警察官が務まるのかと不安もあったけれど、生真面目《きまじめ》で融通がきかないといわれる葵の性分には合っていたようだ。

現在の階級は巡査部長。警視庁情報統括部の情報分析官を拝命している。

【情報統括部】とは警察庁と警視庁・各県警・府警・道警の縦割りの弊害を解消するために創《つく》られた全国の情報を一括で管理する部署だ。便宜上、警視庁に置かれている。

いまのところは全国各地から集まった情報を管理し、各所から照会があったらすぐに関連事案も含めて回答するのが主な仕事だ。将来的には情報統括部でプロファイリングなどの犯罪情報分析までこなせるよう研修が行われているが、現場で採用されるようになるまでにはまだ時間がかかりそうだ。

「……あの、何か?」

ふと、老婦人に見つめられていることに気づいた。

「あなた、眼鏡で隠れてるけれど綺麗《きれい》なお顔してるのね」

「えっ、あ、ありがとうございます」

しみじみと云われた言葉にぎくりとした。褒められているのだろうが、正直云っていまはありがたくない。変装の意味がなかったと云われているようなものだからだ。

(目立たないようにしてるつもりなんだけど……)

自分ではよくわからないのだが、葵は人目を引く顔をしているらしい。

同世代の同性と比べると女性的な容貌《ようぼう》らしく、警官の制服が似合わないとよく云われている。自分では美醜の判断はつかないが、男臭さに程遠いことだけはわかっている。

どんなにトレーニングをしても筋肉は薄くつくだけだし、日焼けをして男らしくなろうともしたけれど、赤くなるばかりで褐色の肌にはなれなかった。

癖のない真っ直ぐな黒髪は意外に頑固で、後ろに撫でつけてもすぐ前に落ちてきてしまう。

上司からのアドバイスを受け、カムフラージュのために普段から黒縁の眼鏡をかけているのだが、それでもこうして近距離になると注目されてしまうのが悩みの種だ。

動揺しているうちに浮遊感が止まり、エレベーターが三十五階に着いた。

「お先に失礼しますね」

「あ、はい、気をつけて」

老婦人をやや強張《こわば》った笑顔で見送り、改めて四十階を目指す。廊下では誰ともすれ違うことなく指定された部屋の前に辿《たど》り着《つ》き、緊張に震えそうになる指でチャイムを押した。

「来たか、待鳥。さすが、時間ぴったりだな」

ドアを開けてくれたのは上司の北條《ほうじょう》雅《みやび》だった。

(相変わらずの迫力だな……)

北條にはただならぬ色気と威圧感が共存していて、一分の隙《すき》もない。

誰もが振り返る派手な美貌《びぼう》に、制服を着ているときも隠しきれないメリハリのついた肉感的なスタイル。仕事中はきっちりとまとめられている長い髪は解かれ、緩いウェーブのついた髪を片側に流していた。

外見からは年齢不詳で、胸元が大胆に開いたニットにタイトスカートを身に着けていると、警察官には到底見えない。聞くところによると、剣道の有段者で男子の全国大会優勝者にも勝ったことがあるらしい。その他の武道、格闘技でもかなりの手練《てだ》れだと聞く。一度手合わせを願いたいものだ。

「失礼します」

背筋を伸ばして一礼し、部屋の中へと足を踏み入れた。

葵の任務はもう一つある。この部署で情報分析を担うと同時に、情報統括部の裏の顔である国家観測調査室――National Observe Investigative Service、通称【ＮＯＩＳ《ノイズ》】での特殊分析官を拝命している。

観測と名乗っているのは、国民を監視しているわけではないという建て前が込められているかららしい。極秘の部署だというのに、一体誰への配慮だったのだろう。

この【ＮＯＩＳ】は警察組織の中で秘匿《ひとく》された存在で、政府でも知る人間は限られている。ときの総理大臣肝いりの新設部署で国内外の政治、経済及びその他秘密情報の収集、情報工作を任務としている。

国内の組織犯罪の深刻化や世界情勢の不安から、イギリスのＭＩ６やアメリカのＣＩＡを参考にして創られることとなったらしい。【ＮＯＩＳ】の基本方針は事件の予防。テロや組織犯罪の芽を摘《つ》むのが大きな目的だ。捜査、監視をした上で当該部署にそれとなく情報を流し、逮捕させるというのが通常の流れである。

基本的には、特殊捜査官と特殊分析官がバディを組んで任務に取り組むことになっている。特殊捜査官とは、表向き警察官ではなく日常的に各業界に潜入して情報を集めている専任潜入捜査員のことを云う。

職業は政治家、外交官、官僚、医者、弁護士、会計士、芸能人、パイロットなど多岐に亘《わた》る。彼らは第二の職業で日常生活を送り、定期的に情報を上げる。誰かが「さながら現代の忍者だな」と揶揄《やゆ》したことがあるが、当たらずといえども遠からずだろう。

(まるで、ドラマみたいだよな)

初めて話を聞かされたときは、狐《きつね》につままれているような気持ちになったものだ。

彼らの普段の任務は定期報告のみだが、緊急のときに対処できるよう訓練は受けている。武術、格闘技、護身術はもちろんのこと、状況次第でいわゆるハニートラップを仕掛けることもあると聞いている。

それなりの地位について重要な情報を握るのが目的のため、優秀なのはもちろん、良家の子弟や見目のいい人間をスカウトしているようだ。まだ歴史の浅い部署で捜査員も若手が多いけれど、このまま行けば政財界の奥まで入り込んでいくことになるはずだ。

「それにしても、いつ見ても似合わない眼鏡だな」

しげしげと眺められた挙げ句の北條の感想に思わずムッとする。

「ボスがかけろと云ったんじゃないですか」

「そりゃ、お前のその綺麗な顔を晒《さら》してたら目立って仕方ないからな」

「私の顔なんて別に……」

「もっと客観的に自覚しろ。変装するのにそんな地味な格好したら余計に目立つぞ」

「そ、そうでしょうか」

自分では完璧《かんぺき》だと思った変装に、駄目出しをされてしまった。さっきの老婦人の目を引いてしまったこともあるし、一考の余地があるのかもしれない。

「まあ、分析官だから構わんがな」

「――――」

北條の言葉に密かに歯噛《はが》みする。分析官として働いている葵だが、当初は特殊捜査官としてスカウトされた。あの日のことは、いまでも鮮明に思い出せる。

――君、スパイに興味はないか？

警察学校修了の前月、校舎の廊下でゴージャスな美女からそんなふうに呼び止められた。それが警視庁情報統括部長にして【ＮＯＩＳ】の統括責任者であるこの北條だった。

あまりに現実離れした台詞《せりふ》にからかわれていると思ったのだが、彼女の言葉に嘘《うそ》偽りはなく、葵が受けたのは間違いなく『スパイの勧誘』だった。

警察学校を卒業後、一通りの研修を終え、筆記試験にも合格した。だが、葵には大きな欠点があった。嘘が苦手ということと演技力が大根すぎるということだ。

台詞を云おうとすると、完全な棒読みになってしまう。そのせいで模擬実習の成績は最悪で、どうにか矯正しようとしてくれていた教官たちも最後には匙《さじ》を投げた。

そんな経緯で分析官になったわけだが、まだ現場に出ることを諦《あきら》めたわけではない。

分析官として経験を積んだあと志願して捜査官になった先人もいると聞き、夢が絶たれたわけではないとわかった。その日のために研鑽《けんさん》を積んでいる。現在、演劇のワークショップにでも通うべきかどうか頭を悩ませていた。

「コーヒーでも飲むか？　それとも、お前も酒にしておくか？」

「……ボス、いまは仕事中ですよ」

「そう固いことを云うな。私はお前に指示を伝えたら今日は上がりなんだ。少しくらい早く始めてもいいだろう？」

「ボス」

非難を込めて語気を強めると、北條は小さく肩を竦《すく》めた。有能で尊敬すべき上司だが、よく云えば大胆、悪く云えば大ざっぱな面がある。極秘部署のトップがこんなに目立つ人でいいのだろうかと思ったこともあるけれど、いまは彼女くらいの剛胆さが必要だと理解している。

「仕方ない、コーヒーで我慢しておく」

「あ、あの、私がやります」

「そうか？　頼む」

上司がコーヒーを淹《い》れるのを黙って見ているわけにもいかない。葵は北條からコーヒーのドリップの袋を受け取り、カップへとセットした。備えつけの電気ケトルでミネラルウォーターを沸かしながら、部屋の中を観察する。

この部屋は特殊捜査官との連絡や準備に使うためのセーフハウスとして借りている。とある青年実業家の名義で借りているが、それは作られたプロフィールだ。ホテル内にも協力者がおり、この部屋に出入りする様子は防犯カメラには写らないようになっている。

二間のスイートで寝室とリビングが別になっていて、リビングには大きめのデスクもある。長期滞在のビジネスマン向けの部屋なのだろう。

「お待たせしました」

「ありがとう。お前も座れ」

「はい。失礼します」

北條の前にコーヒーを置き、自分も一礼してから彼女の正面に腰を下ろす。

「そんなに緊張するな。顔が強張ってるぞ」

「す、すみません。トクニンを受けるのは初めてなので……」

「そういえば初めてだったな」

特別任務——トクニンを受けるということは一つの任務に掛かりきりになるということだ。それだけ重要な案件ということでもあり、普段以上に責任は重大だ。

北條はコーヒーを一口啜《すす》ったあと、話を切り出した。

「お前を呼んだのは他でもない。待鳥、お前がこの任務に相応《ふさわ》しいと思ったからだ」

北條の言葉に緊張感が否応《いやおう》なく増す。彼女の期待に応《こた》え、自らの能力を示すチャンスだ。

「今度、ライネリアのエルネスト公子が来日することは知ってるな？」

「はい、来週ですよね？」

情報統括部にも公子来日によるテロ警戒に関連して問い合わせが増えている。警察学校時代の同期も通勤で顔を合わせたとき、忙しいとぼやいていた。

「親日家で音楽家や芸術家だけでなく、経済界にも友人が多い方だとか」

「その公子に暗殺計画がある」

「暗殺計画⁉」

いきなりの話に大きな声が出てしまう。

「彼の国でテロが多発していることは知ってのとおりだ。その取り締まりの急先鋒《きゅうせんぽう》が公子なんだが、テロリスト集団から狙《ねら》われているとのことだ。本国では近づくことも難しいが、日本ではあちこちに顔を出す予定になっていてな。その隙をついてくるんじゃないかとの話だ」

「…………」

想像していた以上に重大な任務に、息を呑《の》む。

「我々の任務はそれを阻止し、首謀者を炙《あぶ》り出すことだ。公安も動いているが、彼らにも手の届かないところはあるからな。それをサポートする形になる」

「わかりました。あの、俺――私にはこれまでバディがいませんでしたが、今回はどのように……」

これまで葵は通常の仕事の合間に、他の捜査官たちのサポートをするのが主だった。

「ああ、もちろんこの任務ではバディを組んでもらう」

「――――」

ごくりと生唾を飲み込む。バディを組ませてもらえるということは、夢への第一歩ということだ。一体、相手はどんな人だろう。研修で何人かと顔を合わせたことはあるけれど、それぞれの業界では著名な人物ばかりだった。

バディとなる特殊捜査官たちは極秘に潜入しているため、基本的には表立って会うことはできない。警視庁と関係があることがバレないよう、こうやってホテルの一室に呼び出されているというわけだ。

「ただ相性というものもあるから、今回はあくまで仮のバディだ。問題がないようならそのまま組んでもらうことになるし、合わないようなら今回限りとなる」

「……わかりました」

もしかしたら、葵のテストも兼ねているのかもしれない。葵は緊張と昂揚《こうよう》に汗ばんだ手を握りしめる。

「あいつもそろそろ来るだろう」

そのとき、入り口のほうからピッと電子ロックが解除される音が聞こえた。ルームキーを使って誰かが入ってきたようだ。

「遅くなりました」

振り返るよりも先にその声が鼓膜を震わせた瞬間、ぞくりと鳥肌が立った。この声には聞き覚えがある。

「徳永《とくなが》さん……⁉」

「待鳥――」

葵も面食らっているけれど、徳永はそれ以上に驚いている様子だった。

「……お久しぶりです」

「あ、ああ、元気そうだな」

彼とは訓練所で言葉を交わして以来の再会だ。研修では新人と先輩とでペアを組むのだが、徳永はそのときの相手で――葵の憧《あこが》れの人だった。

（どうしよう、今日もカッコいい……）

【NOIS】きってのエースである徳永一臣《かずおみ》は、表向きは外務省で外交官をしている。祖父は元総理大臣、父親は旧財閥系の企業グループの重役で伯父は現職の国会議員というサラブレッドだ。【NOIS】は徳永の祖父の肝いりで創られたと聞いている。

凄《すご》いのは血筋だけではない。国内最難関の国立大学を首席で卒業、外務省に内定したあと、自ら北條の前任者へ直《じか》に売り込みをかけてきたらしい。

何でも、【NOIS】立ち上げ当時の祖父の密談をこっそりと聞いていて、興味を持ったらしい。その上で家族には極秘のまま特殊捜査官になったという。

頭脳と人脈を活《い》かして実績を挙げまくっているが、一番の武器は彼自身の魅力だ。美丈夫、という言葉が一番しっくりくる。人目を引く凜々《りり》しくもどこか甘い顔立ちに、健康的な日に焼けた肌と手脚が長くバランスの取れた長身。逞《たくま》しい体軀《たいく》にセクシーな低い声音。

頭も体も惜しみなく使い、男女問わず数多《あまた》の相手と浮き名を流している――それが徳永だ。部署内では【NOIS】のジェームズ・ボンドなどと揶揄されているが云い得て妙だと思う。

（……セックスが上手《うま》いって本当かな）

徳永の名が挙がるときは、ほとんど色事絡みの噂《うわさ》話《ばなし》だ。中には任務とは関係ないと思《おぼ》しき人物の名が挙がることもある。

任務のためのものも含まれるらしいが、三十二歳にしてすでに数度の離婚歴がある。子供はなく、現在は華の独身だ。

そんな彼だが、ここ数年は決まったバディを持っていないと聞いている。以前、バディを組んでいた分析官がやむを得ず現場に出ることになった際、彼を庇《かば》って重傷を負ったらしい。それ以来、相方を持つことを拒んでいるそうだ。

「あの、ボス、新しいバディってまさか彼なんですか？」

「そうだが不満か？」

新人研修でペアを組んだとはいえ、葵にとって徳永は雲の上の存在だ。自分が彼のバディになれるなんて夢のようだ――舞い上がりかけた葵だったが、すぐに冷水を浴びせられた。

「不満も何も、まだひよっこもいいところでしょう。役に立つんですか？」

「……ッ」

徳永の物云いにショックを受ける。確かに経験の浅い自分では徳永の足手纏《あしでまと》いになりかねない。だが、何も始まってもいないうちから拒まれるなんて思いもしなかった。

「待鳥が優秀なのはお前も知ってるだろう？　それに現場に出すわけじゃない。任務内容は通常と変わらないぞ？　専任かサポートかの違いだけだ」

「こいつがデスクで大人しくしてるタマですか？　見かけと違って跳ねっ返りなのは、ボスもご存じでしょう」

「跳ねっ返り⁉」

「私はそこを気に入ってるんだがな」

二人に好き勝手なことを云われて、目を白黒させる。職場では品行方正にしているつもりだったから、そんなふうに思われていたなんて全然知らなかった。

「トクニンなんて任せたら何をするかわかったもんじゃない」

「人のことを云える立場か？　単独で勝手な行動をする捜査官でお前の右に出るやつはいないだろう」

北條の指摘に、徳永は苦虫を嚙《か》み潰《つぶ》したような顔になる。

「いまは俺の話はしてないでしょう。とにかく、バディは必要ありません。いままでだって一人で大丈夫だったじゃないですか。俺は自由にやりたいんですよ」

「まったく……お前はお目付け役ができるのが嫌なだけだろう。いつもいつも無謀な真似《まね》ばかりしやがって。綱渡りばかりじゃいつか綱から落っこちるぞ」

「そんなこと——」

徳永は否定しきれなかった様子で一瞬目を泳がせた。彼自身、それなりに覚えがあるようだ。

「任務の内容は各自に改めて送る。これは専用の端末だ。お互いに連絡を取るときはこれを使うように。わかっていると思うが、もしも潜入がバレた場合は端末を破壊するように」

一見普通のスマートフォンのように見えるこの端末は、【NOIS】専用に改造されたものだ。厳重な盗聴対策はもちろん、万が一のときのためにバッテリーの蓋《ふた》を外したところにリセットボタンがある。

普通のリセットとは違い、自主的にショートしてデータを破壊する仕組みになっており、使いようによっては小型の起爆装置にもなる。

葵は北條から渡された端末を大事に握りしめた。この専用端末は現場を志望する葵には憧れのアイテムだった。【NOIS】においては、一人前の証拠のようなものだからだ。

「バディは息を合わせることが重要だからな。今日はひとまず親睦《しんぼく》を深めておけ。ルームサービスで飲み食いしても構わんが、常識の範囲内でな」

北條はコーヒーの残りを飲み干すと、ソファから立ち上がった。

「ボス、ちょっと待ってください……！」

食い下がる徳永を北條はさっと手を上げて制止する。

「念のため云っておくが、職場恋愛は禁止だからな。くれぐれも目に余るような真似はするなよ」

「……わかってますよ」

「どうだかな。待鳥、コーヒー美味《うま》かった」

見送りに行く間もなく、さっさと部屋を出ていってしまう。ドアが閉まる音がして、部屋には徳永と葵の二人きりになった。

「…………」

「…………」

気まずさが拭《ぬぐ》えず、沈黙が続く。どうやってこの空気を打破すればいいか必死に考える。わざわざ北條が徳永に釘《くぎ》を刺したのはジョークの一環だろうが、『職場恋愛禁止』というのは明文化されている。

以前、恋愛沙汰《ざた》で揉《も》めて部署の危機を招いた男女のバディがいたためだそうだ。伝聞でしか知らないが、自分たちの関係の破綻《はたん》に周囲も巻き込もうと自暴自棄な行動を取り、部署が潰れる寸前までいったと聞いている。

その後、部署内での恋愛は禁止に、そして、バディは異性とは組ませないようになった。しかし、異性と組ませなければ問題が起こらないと考えるのも前時代的な感覚だといえる。同性間で恋愛沙汰にならないとも限らないのだが、頭の固いお役所ならではだ。

(もちろん、徳永さんと俺がどうこうなるなんてあり得ないし)

個人的な恋愛において性別は問わないが、規則で禁止されているものを破るつもりはない。そもそも、徳永のような数多の女性と浮き名を流すような男が、葵にそういう意味での興味を持つはずがないのだから、北條の忠告は的外れだ。

「徳永さんは俺がバディでは不満なようですが、ボスの指示ですので。足を引っ張るつもりはありませんからご安心ください」

　安心させようと思っての発言だったが、強張った声音のせいでケンカを売っているみたいになってしまった。

　今回限りだとしても、徳永とバディを組めるのは嬉《うれ》しかった。何せ憧れの人の仕事ぶりを近くで見られるのだ。彼がどんなに不満だとしてもこれは任務だ。拒む権利は自分たちにはない。

「お前の能力が高いことは知っている。命令だから今回は従うが……余計なことはせず、俺に云われたことだけをやっていればいい」

　これまで先陣を切って〝余計なこと〟をしてきた徳永に云われるとカチンと来る。

「余計なこと？　徳永さんみたいにアドリブはきかせるなってことですか？」

「そのとおりだ。捜査官志望らしいが、現場はお前には向いてない。イレギュラーな真似は慎むようにと云ってるんだ。――命の危険もあるが、お前みたいなタイプはよからぬ輩《やから》に狙われかねない」

「どういう意味でしょうか？」

「性的な対象として襲われる可能性があると云ってるんだ。お前の容姿は男女を問わず惹《ひ》きつけるだろうからな」

「……！　で、でも、そうやって情報を取ることもあるんですよね？」

ハニートラップ。古くからあるスパイの常套《じょうとう》手段だ。浮き名を流しまくっている徳永に、貞操の心配をされるとは思ってもみなかった。

「それは——時と場合による。お前に耐えられるとは思えない」

「そんなこと、やってみないとわからないじゃないですか」

一方的に断定してくる徳永に反論する。

「どうだかな。自分から誘えるくらいにならないと役には立たないぞ。何なら、俺がテストしてやろうか？」

「……っ」

徳永の鼻で笑う様子に、カッとなった。彼のように経験豊富ではないけれど、耐えられないなどと決めつけられたくはない。

（そんなふうに云えば俺が怖じ気《おけ》づくと思ってるんだろうか）

徳永からすれば脅しのつもりだったかもしれないけれど、逆に葵の負けず嫌いな性格に火がついてしまった。

「——テスト、お願いできますか？」

「は？」

「テストしてくれるって云ったじゃないですか。それとも、口だけですか？」

「お前は自分が何を云ってるかわかっているのか？」

「わかってます。任務のためのセックスができるかどうかって話ですよね？　徳永さんが俺を抱けないって云うなら、俺が徳永さんを抱いてもいいですけど」

最後ははったりだった。プライドの高い徳永なら諾々と葵に抱かれようとはしないだろうと思ったのだ。

実のところ、葵には男女問わず経験がない。いきなり抱けと云われても上手《うま》くできる自信はないが、抱かれるだけならどうにかなるはずだ。台詞回しは壊滅的に下手《へた》くそだけれど、忍耐力には自信がある。

睨《にら》み合いはしばらく続いたが、先に折れたのは徳永だった。小さくため息をつき、億劫《おっくう》そうに承諾の言葉を口にした。

「……そこまで云うなら相手してやる。シャワーを浴びて、バスローブ一枚で寝室に来い」

「わかりました」

尻込《しりご》みしている自分を押し隠し、バスルームに向かう。ドアを閉めて鍵《かぎ》をかけてから、大きくため息をつく。

（何してるんだ俺は……！）

あれではまるで徳永にケンカを売ったようなものだ。バディとしての力量を疑われて心外だったからといって、あんなことを云ってしまうなんてどうかしていたとしか思えない。

　しかし、ここで引き下がれば口だけの人間だと思われてしまう。自ら無能だと宣言しているようなものだ。

「…………」

　迷いや躊躇《ためら》いを振り払い、葵は顔を上げた。


　徳永の第一印象は、〝苦手なタイプ〟だった。

　人目を引く際立った容姿に優秀な頭脳。人懐こい気さくさとスマートな所作。自らが生まれながらの『主人公』であると微塵《みじん》も疑うことのない自負が鼻についたのだ。

　だけど、そんな苦手意識など彼と対峙《たいじ》してしまえば、いつまでも抱いてはいられなかった。少し言葉を交わしただけで、懐に入り込んできてしまう。どんなに偏屈な人間だって、彼の魅力には抗《あらが》えない。そう思わせる引力が彼にはあった。

「――よし」

　念入りに体を洗ってから寝室に行くと、徳永はジャケットを脱いで窓際に立っていた。

　手にしたグラスの中身はウイスキーだろうか。アルコールの勢いでも借りなければ、葵の相手などする気分にはなれないのかもしれない。

「準備できました」

「……十分経《た》っても来なかったら、なかったことにしてやろうと思ったんだがな」

まるで、葵が逃げていればよかったとでも云いたげな響きだ。

（気乗りしないんだろうな）

結婚していたし、これまで噂になった相手も女性ばかりだということから察するに徳永の性指向は完全にヘテロだ。

任務として男も相手にできるとしても、好き好んで行為をしたくはないのだろう。その点に関しては申し訳なく思うが、最初にテストをしてやると云い出したのは徳永だ。後悔しているとしたら、自分の失言を責めてもらいたい。

「逃げるつもりはありませんので」

徳永は中身を飲み干し、カツンと音を立ててグラスをテーブルに置いた。

「あとから泣き言を云うなよ」

「云うわけな――んんっ」

葵の言葉が途切れたのは、バスローブの襟《えり》を摑《つか》んで引き寄せられて唇を塞《ふさ》がれたからだ。反射的に上半身が仰《の》け反《ぞ》りそうになるけれど、もう一方の手で後頭部を押さえられ、そのまま舌を捻《ね》じ込まれた。

「んぅ、ン、んー……っ」

アルコールの香りと冷えた舌の感触。

生まれて初めてのキスは、想像していたものと全く違っていた。ファーストキスという言葉からイメージする甘ったるさとは程遠い荒々しさに面食らう。

口腔《こうこう》を掻《か》き回され、舌を搦《から》め捕《と》られ、まるで頭の中をめちゃくちゃにされていく。

「ぁん、んん、ん」

ざらりと舌が擦れ合うたびにぞくぞくと背筋が震え、下腹部が熱くなっていく。確かめるまでもなく、葵のそれは自己主張を始めていた。

怖くて、熱くて、気持ちいい——それが初めての感想だった。

「ふは……っ」

生まれて初めて体験する快感に膝《ひざ》が崩れてしまいそうになったけれど、その寸前に唇が解放された。へたり込まないよう、どうにか両足を踏ん張らせる。

無意識に掴んでいた徳永のワイシャツには皺《しわ》が寄ってしまっている。気持ちよさに溺《おぼ》れて意識が飛びかけていたようだ。

「まだキスだけだぞ？　それとも、その顔は演技か？」

「……っ、俺がどんな顔してるって云うんですか」

「感じすぎて堪《たま》らないって顔」

「か、からかわないでください。さっさと続きをしますよ」

一呼吸つくために徳永から距離を取る。いつまでもこんな中途半端な格好をしているから余計に落ち着かないのだ。

温泉に入るときは、全裸だって恥ずかしくも何ともない。だったら、とっとと脱いでしまったほうがいい。

「こら、相手の楽しみを奪うな」

「……！」

背後から抱きしめられ、バスローブのベルトを解こうとしていた手を止められる。硬直している葵に見せつけるように、徳永は殊更《ことさら》ゆっくりと結び目を解《ほど》いた。

自ら脱ぐつもりだったというのに、思わせぶりにはだけられた胸元から覗《のぞ》く自分の素肌が恥ずかしくて堪らない。

失念していたけれど、葵のそれはさっきのキスで勃《た》ってしまっていた。剝《む》き出しの自分を見られ、羞恥《しゅうち》で身を丸めたくなったけれどどうにか堪え忍ぶ。性器を見られたくらいで恥ずかしがっていたら、何も始まらない。

「可愛《かわい》いな」

「⁉」

何に対しての感想なのかと動揺したのも束《つか》の間《ま》、上向いていた自身を握り込まれて息を呑んだ。キスだけでも刺激が強かったのに、他人に性器を触られる感触に頭の中が煮え立った。

「……っ、く」

変な声が出てしまいそうになり、唇を嚙み締める。

「声は抑えるな。もっと相手を煽《あお》れ。肌が触れ合ってるんだ。内心で冷めていたとしても気づかれるな。その気になれない相手なら、好きなやつの顔を思い浮かべろ」

「好きな人——」

そう云われて脳裏に浮かんできたのは徳永の顔だった。

(好きだけど、そういう意味じゃ——)

憧れていて、尊敬しているけれど、これは恋愛感情ではない。間違ってもそうであってはならないのだ。

「思い浮かべたか？　いいか、いまお前は好きなやつに抱かれてるんだ」

徳永は葵の耳たぶを甘嚙《あまが》みしながら、そう囁《ささや》いてくる。

長い指が欲望に絡みつき、巧みに扱《しご》き上げた。温かくて大きな手の平に肌を擦られるのは、恥ずかしくも心地いい。強弱をつけ、ときに引《ひ》っ搔《か》くように刺激して、葵を高めてくる。

「あ、あ、あ、ぅあっ」

びくんっと体が跳ねてしまったのは、乳首を摘まみ上げられたからだ。指先の間で捏《こ》ねられ、もぞもぞとした感覚が這い上がってくる。

「ここも好きなのか。だったら、自分でも弄《いじ》ってみろ」

「え？　ちょっ……」

徳永の腕を摑んで体を支えていた手を取られ、胸元にあてがわれる。そんなことできるわけないと云いたかったけれど、不慣れな自分を知られたくはない。

同じようにしてみろと云われ、小さな尖《とが》りに自ら触れてみた。普段より鋭敏になっているせいか、緩く撫《な》でるだけで感じてしまう。

「……っ、ふ、ン」

同じように、という言葉を頭の中で繰り返しながら指を動かす。

普段はそれほど自分で慰めることもしない。基本的には淡泊なほうなのだろうと思っていた。だけど、いまはもっともっとと体がさらなる刺激を求めている。

「あっ、ア、あ、や……っ」

葵の欲望を扱く徳永の指も止まらない。先端から溢《あふ》れた体液を指先で拭い、全体に塗り広げられる。ぬるぬるとした感触は気持ちよすぎて堪らない。もうすでに痛いくらいに張り詰めていて、いつ爆《は》ぜてもおかしくない状態だった。

「あっあ、だめ、あっ、でる、でちゃう……っ」

迫り上がってくる感覚に惑乱し、戸惑っているうちに葵は達してしまった。びく、びく、と下腹部を震わせながら、徳永の手を汚す。

かくん、と膝が折れる。その場にくずおれる直前、掬《すく》い上げるように抱かれてベッドに横たえられた。

初めて人の手によって導かれた射精の余韻に呆然《ぼうぜん》としていた葵だったが、あらぬ感触に我に返った。

「なっ……!?」

顔を上げ、自分のものが舐《な》め上げられたのだとわかる。足を大きく開かされたあられもない格好にかあっと顔が熱くなる。

足を閉じたくても、徳永の肩に担ぎ上げられている状況ではそれも叶《かな》わなかった。

「何だ？　もしかして口でされるのは初めてか。だったらよく見とけ。どんなことをされて自分が感じてるのか、しっかり目に焼きつけるんだ」

「ちょ、待ってください、そんな──」

葵は衝撃的な行為に呆然となる。自身をしゃぶられることになるなんて想像もしていなかった。

（嘘だろ）

自分のセックスに関する知識や覚悟が甘かったことを思い知らされた。制止したところでやめてくれるはずもなく、徳永は葵のそれを事もなげに飲み込んでいく。

「や、あ、あ、あ……っ」

口腔の熱い感触に神経が焼き切られそうだ。絡みつく舌の動きも卑猥《ひわい》で、手の中でイカされたのとは段違いの快感だった。

キスで自分を見失う怖さなど児戯に等しい。喉《のど》から零《こぼ》れるのは、啜り泣きのような嬌《きょう》声《せい》だった。自分のものとは思えない上擦った甘い声。

「ひぁ、あ、あっ、またいっちゃ――」

あっという間に限界まで高められる。終わりを迎えてしまいそうになったけれど、根元を締めつけられて衝動を抑え込まれた。

「やだ、や、いや、あ……っ」

ガチガチに張り詰めた昂《たか》ぶりへの愛撫《あいぶ》は、休みなく与え続けられる。出口を失った欲望が体の中で荒れ狂い、見栄《みえ》も外聞もなくかぶりを振る。

口淫《こういん》だけでも頭がおかしくなりそうなのに、それと同時に後ろの窄《すぼ》まりを探られた。

「!?」

強く意識したせいでぎゅっとそこに力が入ってしまったけれど、目的の場所を探り当てた徳永は難なく体液で濡《ぬ》れた指先を押し込んできた。

「うん……っ」

初めて異物に侵入される感覚に歯を食い縛る。自然と指を締めつけてしまうけれど、構うことなく奥まで入り込んできた。

昂ぶりを舐めあやされながら、やや乱暴に後ろを抜き差しされる。快感と違和感と羞恥を耐え忍ぶべくシーツを握りしめるけれど、そんなことで薄まるようなものではない。

徳永は容赦なく指を増やし、さらに中を押し広げてきた。

「いや、も、許して……あ、あ、ぁあっ」

締めつけが緩んだ瞬間、徳永の口の中で果ててしまった。葵が吐き出したものを徳永は事もなげに嚥下《えんか》する。

「ちょっ……」

「何だ？」

「……な、何でもないです……」

徳永の行動に驚いてばかりいたら、自分が未経験者だとバレてしまう。抵抗があるとしても、騒ぎ立てるのは得策ではない。

きっと、体の関係を持つ間柄なら普通にすることなのだろう。その証拠に徳永は顔色一つ変えていない。

「——本当にいいんだな？」

「え？　はい」

何に対しての確認だったのかよくわからないまま頷《うなず》いてしまった。彼の漆黒の瞳《ひとみ》に見据えられたら、誰だって嫌とは云えないはずだ。

徳永は濡れた唇を舌で拭うと、暑くなったのかシャツのボタンを外して前をはだけさせる。きっちりと着込んでいたせいで、それだけで乱れた雰囲気になった。

表情自体は冷静なままだったが、少しは体が熱くなっている証拠だろう。

(やっぱり、かなり鍛えてるんだな……)

逞しく張り詰めた大胸筋に、堅く割れた腹筋。着痩せするタイプなのか、想像以上に鍛え上げられていた。

ボタンを外し終わった指はそのままベルトを緩め、ホックに移動する。ファスナーを下ろし、下着を押し下げるようにして、徳永は自らのものを露《あらわ》にした。

「……ッ」

平常時でも存在感のあるだろうそれは、いまや凶暴に猛《たけ》っている。同性である以上、ある程度の想像はつくけれど、これだけ張り詰めていたら苦しいくらいだろう。

(もしかして、さっきの確認って——)

徳永が許可を求めてきた行為がどんなものなのか、ようやく察しがついた。

抱いてくれと云ったのは自分だ。だけど、セックスがどういうものか本質的に理解していなかったのかもしれない。

セックスなんて、肌と肌が触れ合うだけのものだと思っていた。だけど、実際は未知の感覚を引《ひ》き摺《ず》り出され、自分でも知らなかった自分を暴かれている。

どんなふうに繋《つな》がるのか、知識ではわかっていた。だけど、その結果どんなふうになってしまうかまでは考えが及んでいなかった。

（どうしよう）

徳永はアメニティのミルクローションの封を開けると、中からとろりとした液体を手に取った。そして、握りしめるようにして手の平に広げると、自身にたっぷりと塗りつける。

キスや口淫だけで翻弄《ほんろう》されているのに、あんなものを入れられたら――。

「……っ⁉」

両足を抱え上げ直され、さっきまで指に押し広げられていた場所を眼下に晒される。恥ずかしさを訴える間もなく、徳永の屹立《きつりつ》を宛《あて》がわれた。

あんなもの絶対に無理だという怯《おび》えた気持ちもあるけれど、どこか期待してしまっている自分もいる。葛藤《かっとう》と戦っていたら、ローションで濡れた先端を難なく押し込まれた。

「んっ！」

（……入っちゃった……）

徳永の欲望が自分の中に入ってきたのだと自覚した瞬間、すでに熱くなっていた体温がさらに上昇した。そのまま体重をかけるようにして、奥へと進んでくる。

「ン、く……う」

無理矢理押し開かれる圧迫感に、ぐっと歯を食い縛った。最初こそすんなり受け入れられたけれど、そこから先はやはり苦しかった。

（……おっきい……）

想像以上の存在感。彼のものが葵の中で脈打っている感覚が不思議でならない。

視覚で認識した以上に、飲み込んだそれの大きさを感じてしまう。萎《な》えるどころか、さっき以上に昂ぶっているように思えるのは気のせいだろうか。

「あっ、あ、はっ……」

「そう締めつけるな」

葵の中に自身を納めきった徳永が吐息を零しながら苦笑する。

「す、すみませ……」

「あんまりキツいと動いてやれないだろう」

「っぁん！」

大きく突き上げられ、悲鳴じみた声が出てしまった。徳永の欲望を飲み込んだそこは、しっかりと締めつけてしまっている。

そのまま揺さぶられ、甘ったるい声が押し出される。些細《ささい》な振動すら、快感に変わる。

「やっ、ン、あっ、あ……っ」

（こんなの、俺の体じゃない）

繋がった場所から甘く蕩《とろ》けていくようで堪らない。

「……待鳥、少し緩められるか？」

「え……？」

そう云われても、どうやればいいかわからない。見聞きした知識だけで凌《しの》ぐには、もう限界だった。徳永の表情を窺《うかが》うと、やや苦しげにも見える。

（もしかして、痛いのかな）

あれだけ嵩《かさ》を増した昂ぶりを締めつけられたら痛みを覚えかねない。

「あ、あの……」

「どうした？」

「……ごめんなさい」

「別に謝る必要は――」

「……ほんとは、こういうの、慣れてなくて……」

自分が不慣れなせいで徳永に痛い思いをさせているとしたら申し訳ない。罪悪感に耐えられなくなり、とうとう白状してしまった。

絞り出すような葵の告白に、徳永は数秒静止した。信じられないものを見るような目でこちらを凝視している。

「もしかして、初めて……なのか?」

「……はい……」

「それを早く云え!」

おずおずと頷くと、怒声が降ってきた。

「すみません……っ」

やっぱり、本当のことなど云わなければよかっただろうか。身を竦める葵に、徳永は苛《いら》立《だ》った呟《つぶや》きを零す。

「くそ、初めてなら初めてだと……待鳥?」

瞬きをした弾みに、眦《まなじり》から涙が零れ落ちた。

「ご、ごめんなさい、これは違うんです」

手の甲で濡れた目元を拭うけれど、次から次に溢れてきてしまう。泣きたかったわけではないのに、言葉にならない感情が涙腺《るいせん》を刺激する。

(こんなの、みっともなさすぎる)

初めてだからと子供のように泣き出すなんて恥ずかしい。きっと、徳永も呆《あき》れていることだろう。

「もうおしまいにしよう。無理はさせられ——」

「お願いします、やめないでください……！」

ため息まじりに告げた徳永に、葵は反射的に懇願した。まだテストは終わっていない。それにこんな中途半端なところで終わりにされたら、本気でおかしくなってしまいそうだった。

「本当に大丈夫か？」

「俺は大丈夫です。徳永さんは、俺じゃ気持ちよくなれないですか……？」

葵の問いかけに、徳永は息を呑んだ。苦虫を嚙み潰したような顔になったあと、大きくため息をついた。

「――お前には教えることがたくさんあるな。いまはこっちに集中しろ」

溢れ出る体液にしとどに濡れるばかりだった屹立を握られ、ゆるゆると扱かれる。

「は、はい、ア、あ、あ」

荒々しいばかりだった愛撫がどこか優しくなった。器用な指先は手際よく葵を高めていく。同時に腰を揺さぶられ、気持ちよさに喘《あえ》がされる。

「俺の動きに合わせて動けるか？」

「あ、はっ……こう、ですか……？」

不慣れながらも、指導に従って体を動かす。振動が生む甘い快感に陶然としていると、だんだんと徳永の動きが大きくなってきた。

「んっ、あ、や、あっ」

律動が突き上げに変わり、やがて深い抽挿《ちゅうそう》になる。徳永は繋がり合った根元にローションを垂らすと、葵の腰を摑んで力強く引き寄せた。

「ああ……っ⁉」

最奥を貫かれた瞬間、背筋が大きく弓なりに撓《しな》る。徳永はそのまま葵を繰り返し深く穿《うが》ってきた。

「ああっ、あ、あ、あ！」

屹立を深く突き入れられるたびにぐちゅ、ぐちゅ、と濡れた音が立ち、自身の先端からはとろりとしたものが溢れ出てしまう。

（心臓が、うるさい）

二人ぶんの鼓動が重なって、体の中でうるさいくらいに響いている。

「あっ、あっ、あっ」

軽い絶頂が何度も来るのに、決定的な終わりには至らず、初めて体験する快感に溺れるしかなかった。いまの自分はきっとみっともない顔をしているのだろう。

手の甲で顔を覆っていると、両手首を摑まれ頭の両脇《りょうわき》に縫い止められた。

「顔を隠すな」

「や、見ないで……っ」

「恥ずかしいところこそ見せるんだ。どう感じてるのか云って、もっと相手を煽れ」

「ひぁ……っ、あっあ、ああ！」

ただひたすらに翻弄される中、ふと徳永の顔を見上げる。獣じみた瞳に余裕のない表情、上がった息――。彼も自分と同じように乱れていると知り、胸が熱くなった。

「……すき……」

無意識に零してしまった呟きに、一瞬徳永が動揺したように見えた。

「まったく――」

「ぁあっ⁉　あっあ、あ……！」

力の入らない腰を掴み直され、それまで以上に荒々しく穿たれる。体の中をめちゃくちゃに掻き回される感覚が怖くて、思わず徳永に向かって手を伸ばしてしまった。

虚を突かれたような顔をしたけれど、体を寄せてくれた。首にしがみついた葵を抱き込んで、それまで以上に激しく揺さぶった。

「あ、あ、あ、ぁああ――」

「く……っ」

駆け上がるようにして果て、白濁した体液を自らの腹部にまき散らす。徳永が中に注ぎ込むのはそれとほぼ同時だった。

（熱い――）

彼のものが大きく震えるのが、包み込んだ粘膜から伝わってくる。ただの生理現象とわかっていても、徳永が自分との行為で達してくれたことが嬉しかった。

胸を上下させて上がりきった呼吸を落ち着けていると、徳永が汗で張りついた前髪をかき上げてくれる。

「……悪かった。俺があんなふうに煽ったから、引けなくなったんだろう？」

それも事実だ。だけど、憧れの人から手解《てほど》きを受けられるなんて幸運を逃すわけにはいかなかったし、何よりも徳永に認めてほしかったのだ。

「俺は、徳永さんに抱いてもらえて嬉しいです」

「何を云って——」

「初めて会ったときからずっと憧れてました。だから、初めてが徳永さんでよかった」

「待鳥」

葵を見下ろす徳永の目が見開かれる。ある意味、葵の行動は公私混同だ。褒められたことではない自覚はある。それでも、確認しておきたいことがあった。

「あの……俺、どう、でしたか……？　気持ちよくなってくれましたか……？」

経験豊富な徳永にとって、数多の相手の一人でしかないことはわかっている。

せめて及第点くらいはもらえたか聞きたかったのだが、再びどくんっと葵の中の欲望が大きくなった。

「え？」

葵の中で、徳永の欲望が再び力を漲《みなぎ》らせているのがわかる。達したばかりだと思えないくらい硬く張り詰めていた。

「――本当にお前は俺を煽る天才だな」

「煽る？　何云って……ぅあっ」

言葉の意味を咀嚼《そしゃく》する間もなく体を引っ張り上げられ、手品のように上下を入れ替えられる。

徳永に跨《また》がるような体勢に赤面したのも束の間、下から強く突き上げられ惑乱する。徳永の意図がわからず戸惑うしかない。

「や、あっ……な、なんで……？」

さっきので終わりではなかったのか。それとも、再試験が必要なほどお粗末な反応だったのだろうか。

「お前にはまだレッスンが必要だ」

「え？　なに、あっあ、あ、あ――」

葵の疑問は快楽の波に飲み込まれ、すぐに何も考えられなくなった。

2

普段なら何ともない地下鉄の階段が、果てしなく長く感じる。葵《あおい》は重い体を引《ひ》き摺《ず》るようにして、地上を目指していた。

全身気怠いだけでなく、あそこにまだ違和感が残っている。途中まではそれなりに意識があったのだが、最後のほうはただただ快感に溺《おぼ》れるばかりだった。

今朝、ホテルで目を覚ますと徳永《とくなが》の姿はすでになかった。体は清められ、何の痕跡《こんせき》も残っていなかったけど、抱かれた感覚だけは体中に生々しく残っている。

（体が怠《だる》い……）

「……っ」

昨夜のことを思い出すだけで叫び出したいくらいの羞恥《しゅうち》が込み上げてくるし、体も熱くなってしまう。下腹部に残る疼《うず》きの記憶が蘇《よみがえ》らないよう自分を律するけれど、昨日の今日では難しかった。

生まれて初めてのセックスは、想像していた以上のものだった。肌を触れ合わせるだけのことだと甘く見ていた葵は、次々に湧《わ》き上がってくる未知の感覚に困惑するしかなかった。

未経験者だと告白したあとも手解《てほど》きを続けてくれたのは、徳永の思いやりだったのだろう。あんな状態で放り出されたら、経験のない葵ではどうすることもできなかった。果たして、及第点はもらえたのだろうか。

（……ていうか、すごかったな……）

徳永には快感がどういうものなのか根本的に教えられた。体が溶けてしまいそうな感覚は、まだ葵の四肢に残っている。体は疲弊しているにも拘《かか》わらず、ふわふわとした気持ちが抜けないのは、未知の快楽を知ったばかりだからかもしれない。

あれだけ気持ちいいことをされてしまえば、懐柔されて機密情報を漏らしてしまう人がいるのも理解できた。物理的に近くなれば心の距離も近づくという話を聞いたことがあるけれど、一足飛びに親しくなったような気持ちになる。

それは錯覚でしかないのだろうが、時間をかけず味方に取り込むにはもってこいの手法だと身をもって実感した。

「……っ」

快感の余韻が蘇りそうになり、小さくかぶりを振って意識を逸《そ》らす。いつまでも熱に浮かされている場合ではない。

葵は人の波に流されるように警視庁の建物へと入り、更衣室へ向かった。

着替えるときに人目など気にしたことはなかったけれど、今日はどうしても意識してしまう。自宅で体に痕跡が残っていないか確認したものの、自分では見えない場所に残っていたらどうしようもない。

(こんなふうにびくびくしているほうが怪しまれるよな……)

別に悪いことをしたわけではない。もっと堂々としているべきだ。キスマークもついていないし、顔だっていつもどおり。何も知らない人間に昨日のことがわかるはずがない。

「おはよう」

「おはよう——」

更衣室で声をかけた同期が、振り返るなり固まった。信じられないものを見るかのように、葵の顔を凝視している。

「俺の顔に何かついてるか?」

「べ、別に何も……」

別にと云《い》いながら、含みのある表情だ。

「……なあ、今日は何か——いや、何でもない」

「?」

世間話でもしようとしたのだろうか。途中で切り上げられてしまったため、何の話をしようとしていたのかわからないが、大したことではないのだろう。

何故《なぜ》か彼は頬《ほお》を赤らめ気まずげにこちらに背を向ける。不可解な反応に首を傾《かし》げながら、葵も着替え始めた。

スーツから制服へ着替えると、それだけで背筋が伸びる。国民の安寧のために働くのが、公僕としての使命だ。

情報統括部は建物の奥まった場所にある。基本的に他部署との直接の接触はないからだが、裏の顔がある以上、警視庁内でも目立ちたくないのだろう。

葵は混雑するエレベーターを避け、階段を上る。情報統括部に向かう途中、後ろから声をかけられた。

「待鳥《まちどり》、早いな」

ハスキーで落ち着いたこの声は北條《ほうじょう》だ。足を止めて振り返る。

「ボス、おはようございます」

「うん、おはよう」

昨日とは違い、北条は長い髪をまとめ上げている。ゴージャスな美貌《びぼう》と肉体は禁欲的な制服に収まるものではなく、匂《にお》い立つような色気は余計に際立っていた。

「どうだ？　あいつと親睦《しんぼく》は深められた――みたいだな」

たっぷり五秒、顔を見つめられたあと、一方的に結論を出された。

「?」

意味がわからず困惑する。またしても中途半端なところで問いかけが打ち切られた。

一夜の経験だけで何が変わるわけでもないと思うのだが、北條ほどの観察眼の持ち主には見抜かれてしまうのだろうか。

(そんな、まさかな……)

意識しているから言葉に裏があるように感じてしまうだけで、親睦というのはそのままの意味だろう。北條としては、葵とバディを組むのを拒んでいた徳永との相性を上司として気にしているだけに違いない。

「彼から何か報告を受けていますか?」

「いや、何も」

「それならよかったです」

テストの採点結果は知らされていない。気づいたときには徳永の姿はなく、評価を聞くタイミングがなかったのだ。だが、彼から北條にバディ変更の要請がないということは、とりあえずは葵を受け入れてくれるということだろう。

「……大丈夫だったか?」

「何がですか?」

「いや、何でもない」

北條は不可解な問いかけの意味を説明してはくれず、その代わりにわざとらしい咳払《せきばら》いをした。

（ボスも心配してくれてたのかもな）

葵がバディだと聞いたときの徳永は、絶望的な顔をしていた。徳永から厳しい言葉もかけられていたから、北條は葵が精神的にダメージを受けていないか気遣ってくれているのだろう。

こんな見た目のせいで、繊細な性格をしていると思われることも多いけれど、我ながら図太いほうだと思っている。逆に、他者の感情の機微に鈍いところがあるのがコンプレックスだったりもする。

だからこそ、よく観察するようになったところはあるかもしれない。感覚で相手の感情がわからないのを、情報で補おうとしたのだ。

「まったく、あいつの不羈奔放《ふきほんぽう》には参ったものだ。待鳥もあいつに虐《いじ》められたりしたら、私にすぐに云うんだぞ」

「虐められたりしませんよ。厳しいことも云われましたが、面倒見のいい方ですよね」

「面倒見がいい？　あいつが？」

北條は思い切り怪訝《けげん》な顔をする。まるで幽霊でも見たかのような視線を向けられ、こちらも困惑するしかなかった。

（ボスは面倒を見られる必要なんてないもんな）

独断で行動してしまう徳永は葵にとっては憧《あこが》れの存在でも、管理する側の人間にとっては頭が痛いことも多いのだろう。

「まあ、お前は特別待遇かもな」

「え？」

北條は意味を測りかねて聞き返した葵をスルーし、任務の話に切り替えた。

「――さて、例の件だが、対象が今週末に来日する。あいつは対象のアテンドとして行動を共にすることになっている。一通り下調べはしているが、再度、周辺の人間を洗い直しておけ」

「わかりました」

さっきの呟《つぶや》きは気になったけれど、蒸し返すほどのことではない。任務に集中すべく、気持ちを引き締める。

彼の名を口にしないのは、警視庁内でも秘匿の存在だからだ。情報統括部内ならともかく、不特定多数とすれ違う可能性のある場所では気をつけなくてはならない。

厳重に管理された機密ファイル以外、彼ら特殊捜査官が警察官である旨を記したものは存在しない。極端なことを云えば捜査中に殉職したとしても二階級特進したりはしないのだ。

「データは佐波《さなみ》から受け取ってくれ。こちらでフォローはする。ある程度の無茶は構わない」

「了解です」

無茶、とは違法すれすれのことをしても構わない、ということだろう。今回は曖昧《あいまい》なテロの危機ではなく、明確な暗殺計画だ。どんな手を使っても阻止しなければならない。人の命が懸かっているということもあるけれど、国内でそんなことが起きてしまえば国際的な信用を失い、責任問題にも発展する。

北條とは入り口で別れ、葵は自分のデスクへと向かった。

情報統括部のフロアは同じ向きにデスクが並び、低いパーティションで仕切られている。それぞれが集中できるようにという理由もあるけれど、地方の所轄ではメールすら苦手な署員がまだ存在するので、電話での問い合わせにも対応しているためだ。ただ、トクニンにあたっている場合、外部からの問い合わせに対応する義務がなくなる。最優先は特殊捜査官のサポートだ。

「待鳥、おはよう。昨日、ボスに頼まれてたやつ送っておいたから確認しといて」

自分のデスクでPCを立ち上げていると、隣の席の佐波が登庁してきた。

「ありがとうございます」

佐波は情報分析課の立ち上げメンバーで、葵の先輩にあたる。元は民間企業でインフラエンジニアとして働いていたが、自分の持つ技術や知識を世の中のために役立てたいと考え、警察官に転職したらしい。

　さまざまなプログラミング言語に精通しており、彼に教えを請うことも少なくない。小柄で私服でいると高校生に間違えられるほどの童顔だが、葵よりかなり年上だ。以前は現場に出ていたらしく、未成年としての潜入もあったらしい。

「そういえば、待鳥のバディが決まったんだって？」

「あ、はい。徳永さんと組ませてもらうことになりました」

「徳永さんと？　大丈夫なのか？」

「俺では力不足だと思いますが、足を引っ張らないよう努めるつもりです」

「いや、そういう意味じゃなくてだな……。何か困ったことがあったら相談しろよ。稀代《きたい》のたらしとして有名な人だからな」

「たくさんの女性と浮き名を流してるようですね」

「モデル、女優、実業家――俺が知ってるだけでも両手じゃ足りないな。どこまでが任務のためなんだろうな」

「任務――」

　いわゆるハニートラップを日常的に行っているということだろうか。昨夜のことを思い返すと説得力が増す。あんなふうに身も心も愛されている錯覚を与えられたら、彼のために何だってしようと思ってしまうかもしれない。

「うわあっ」

悲鳴と共に何かが雪崩《なだ》れる音がして我に返る。いま叫んだのは樋沢智文《ひざわともふみ》だ。誰も驚かないのは、それが日常茶飯事だからだ。

「だ、大丈夫ですか？」

念のため、状況を確認しておく。

「うん、大丈夫大丈夫。ちょっと崩れただけだから」

ほとんどのデスクにはノートパソコン以外は置かれていないけれど、限られた一角だけ雑誌や新聞、書類など紙ものが積み上がっている。デジタル化の進んだ昨今だが、紙媒体からの情報もまだまだ侮れないものがある。

彼もまた北條がスカウトしてきた人材だ。某県警で働いていた行政職員で、重度の活字中毒者だ。彼が独自にまとめ上げた資料のお陰で、とある事件解決の糸口が見つかったと聞く。その噂《うわさ》を聞きつけた北條が特別に引き抜いたとの話だ。

樋沢の両サイドに再びタワーが作られていくのを確認してから、共有フォルダに入れられていたファイルを開く。これ以上、調べても何も出てくることはないのではと思うほど完璧《かんぺき》なものだった。

（さすが佐波さん）

大使館の職員、警護にあたる警察官、公子の泊まるホテルの職員などの中には、いまのところ問題のある人物は見つかっていないようだ。

洗い直せと云われたけれど、これ以上直近の人物や団体を調べてもあまり成果はないだろう。外部からの入り込みやすさで考えるなら、さらにその周辺だろうか。

清掃係や売店の店員、出入りの業者などなら難なく潜り込めるはずだ。だが、アルバイトが提出するのは一般的な履歴書だけだろうし、それが全《すべ》てデータ化されているとも限らない。パソコン越しに人を調べるには限界がある。

（そもそも、暗殺の手段によって警戒の範囲も変わるしな）

暗殺の手段もさまざま考えられる。まずは公子だけを襲うチャンスを狙っている可能性。その場合、刃物か銃器による攻撃、または毒物が使われるかもしれない。

次に公子を含めた大勢を狙ってくる可能性。こちらは犯人と目されるテロリストグループの常套《じょうとう》手段である爆発物が第一候補に挙がる。しかし、危険物の日本への持ち込みは難しい。となると、日本で少しずつ材料を集めて爆発物を作ることになるだろう。

公子の警護には警備部警護課のＳＰが当たる。空港や大使館などでの安全確保は彼らの仕事だから、任せてしまってもいいだろう。

（もしも、俺が犯人だったらどうする？）

日本では、まだ外国人は目立つ。いきなりアパートを借りて準備をし始めたとしたら、人目について仕方がないだろう。ライネリアのコミュニティに属していたほうが目立たないはずだ。

万が一暗殺を専門の人間に依頼していたとしても、元の計画を練っているのはテロリストグループの一員のはずだ。

灯台下暗しとも云う。葵は大使館の納入業者を細かく調べていくことにした。大使館のPCに入り込み、納品された物品のリストを税理士になった気分で精査していたところ、妙な数字を発見した。

「――何だこれ？」

ある食品業者からの納品に対して、返品がやたらに多い。たまたま不良品が紛れていたのだとしても、毎回というのはおかしいのではないだろうか。

（中抜きってわけじゃないよな？）

だが、帳簿の数字におかしいところはない。もしやと思い、別の部署で在庫数を別に管理していないだろうかと考え、厨房《ちゅうぼう》のPCに入り込んだ。

シェフが個人的に作っていると思われる食材の管理データを発見した。そこに記された数字を照らし合わせると、矛盾が出てきた。在庫数は当初の納品数とぴたりと合っている。

（つまり、返品自体が架空ってことか……）

返品したという体《てい》で業者の返金を懐に入れている職員がいるに違いない。差額のキックバックが行われているということなのだろう。

犯罪行為であることに変わりはないが、公子の暗殺計画と関係があるとは思えない。該当部署にあとで報告しておけばいいことだ。

（……けど、妙に気になるな）

任務とは無関係の事案に時間を割《さ》いている余裕はない。そうとわかっていても、何故か頭から離れてくれなかった。

3

（ボスにバレたら怒られるだろうな……）

退勤後、葵《あおい》はとある場所に向かっていた。件《くだん》の返品の件が気になって、さらに深く掘ってみたのだ。納品されたものは動かされていないにも拘《かか》わらず、何かしらの荷物がその業者に発送されていた。一体、何を返品しているというのだろう。

食品業者のほうを確認しようとしたけれど、登録されている住所にインターネット回線は引かれていないようだった。きっと連絡はスマホと紙の帳簿だけですませているのだろう。

ネットワークに繋《つな》がっているＰＣに保存されているデータなら、この場に座ったまま確認することができる。だが、紙の帳簿までは手が出ない。確定申告後なら税務署のものを見るという手もあるけれど、リアルタイムには程遠い。

最終的に辿《たど》り着いた、とあるビルの一室を確認しに来たのだ。家宅捜索でもしなければ確固たる証拠は手に入れられないが、外からでも雰囲気くらいは摑《つか》むことができる。

「ここか……」

駅から徒歩十分ほどの立地にある古い雑居ビルだった。築年数は葵の歳《とし》を超えているだろう。念のため綿の手袋をつけ、ビルの中へと足を踏み入れた。

集合ポストを確認すると、住居になっている部屋もあれば、何かの事務所やマッサージ店をやっている部屋もあるようだった。

当該の部屋は「(株)ハッピープレイス」という何をやっているかわからない会社名になっている。(株)とついているが、実際に株式会社登録はしていない可能性が高い。

ポストの中には、郵便物が溜《た》まっている形跡はなかった。つまり、定期的な出入りがあるということだ。資料としてポストのネームプレートの写真を撮っておく。

(部屋を見てみるか……)

階段で二階に上がり、二〇六号室と書かれた部屋を遠目に観察する。

「あそこだな」

表札はなく、ドアには外付けの鍵《かぎ》が二つも足されていた。侵入者を警戒する様子が窺《うかが》えるが、見たところ廊下や部屋の周辺に防犯カメラはないようだ。

ドアの隙間《すきま》に何かが差し込まれていることに気づく。どうやら、宅配便の不在通知のようだ。つまり、現在あの部屋には誰もいないということだ。

いまなら新聞受けに盗聴器を仕込むことができるかもしれない。電波の範囲の狭い小さなものなら、気づかれずに仕込むことはできそうだ。

「二〇六の方ですか！」

「！」

ドアの前に立った瞬間、朗らかに声をかけられびくりとなった。

来客のふりをするか、マンションの住人のふりをするか――どうごまかそうか逡巡《しゅんじゅん》している間も、宅配業者は捲《まく》し立てるように話しかけてきた。

「いやー、今日は在宅でよかったです！　お荷物です！　こちらでサインしておきますので！」

「え？　いや、あの、俺はちが――」

完全に葵を住人だと勘違いしている。誤解を解くべきだと思うのだが、強引に荷物を押しつけられてしまった。

「ご利用ありがとうございました！」

「ちょっ……」

呼び止める間もなく配達員は走り去ってしまった。こちらから言葉を発する隙すら与えられなかった。再配達が面倒なのはわかるが、不用心すぎる。

「これ、どうしよう……」

部屋の前に置いておけばいいだろうか。盗難の危険性もあるが、このまま待っているわけにもいかない。怪しげな部屋に届いた荷物だが、勝手に中身を改めるわけにはいかない。判断に迷っていたら、黒いパーカーを着た男が階段を上がってきた。この部屋の住人ではないことを祈ったけれど、その祈りが聞き届けられることはなかった。

「ああ？　何だ、お前」

「あっ、ええと、私セールスのものでして――」

自分でも下手なごまかしだとわかっていたけれど、一旦《いったん》口にしてしまった以上は云《い》い張るしかない。取ってつけたような棒読みは、我ながら酷《ひど》いものだった。

「ああ？　セールス？　……って、おい！　それウチの荷物じゃねえか⁉」

葵の手元にある荷物を見て、慌て出した。男は血相を変えて駆け寄ってくる。

（しまった）

配達員から押しつけられた小包を胸に抱えたままだったことを忘れていた。さっさとドアの前に置いておくべきだった。

「いや、これはその……」

盗むつもりなど毛頭ないのだが、頭に血が上った男は葵の云い訳など聞きはしない。

「返しやがれ、この泥棒！」

「……っ」

条件反射で体が動く。摑みかかってきた男の袖《そで》を取り、踏み出された足に払いをかけてコンクリートの廊下に引き倒した。

「ぐあっ」

そのまま男の背後に回り、首に腕を回して頸動脈《けいどうみゃく》を絞める。しばらく身悶《みもだ》えていた男も、やがて静かになる。

「――しまった」

つい癖で落としてしまった。完全に制圧するまで油断するなという教えが裏目に出たようだ。せめてものフォローで、気を失った男の体を起こしドアに寄りかかるような体勢にさせる。

「本当にどうしよう……」

これでは自分のほうが暴漢のようなものだ。ふと足下を見ると、段ボール箱の封が開いていた。落とした弾みで破損したようだ。

「？」

箱の中からは、白い粉の詰まった袋が零《こぼ》れ出ていた。

（小麦粉……なんてことはないよな……）

十中八九、違法薬物だろう。念のため、送り状の写真を撮《と》っておく。

送り主は個人名になっていたけれど、偽名と偽の住所に違いない。伝票番号を調べればどこの店舗から発送されたかがわかる。

「……報告するしかないよな」

匿名で通報するという手もあるけれど、変に隠し立てすればずっとごまかし続けなければならなくなる。

『どうした、待鳥《まちどり》』

「申し訳ありません、ボス。先走ってミスしました」

先に謝罪をしてから掻《か》い摘《つ》まんで事情を説明すると、北條《ほうじょう》は電話の向こうで声を上げて笑った。

『まったく、お前も期待を裏切らないやつだな。私から麻薬取締《とりしまり》部に連絡しておく。証拠品があるなら現行犯逮捕できるだろう。その男はしばらく目を覚まさないな？』

「はい、三十分くらいはこのままだと思います」

『普段なら勝手な行動を取ったことを窘《たしな》めるところだが、今回はお手柄と云えなくもないな。お前はすぐにそこを立ち去れ。痕跡《こんせき》を残さずにな』

ボスは何だか面白がっているが、葵は恐縮しきりだ。手袋をつけていたから、指紋はどこにも残していない。

「彼のことはどうしましょうか」

痕跡は消せても、この男の記憶を消すことはできない。

『後ろ暗いことをしてるんだ。余計なことは云わないだろうし、取り調べる側も売人の言葉など真に受けはしないだろうが、そのへんも向こうには話をつけておくから安心しろ』

防犯カメラがなかったのは幸いだった。もしも映像に収めてしまうと、万が一の場合自分たちの首を絞めることにもなるから設置していなかったのだろう。

その件に関しても、北條なら上手《うま》く片づけてくれるに違いない。

「ご面倒をおかけします……」

いっそ、キツく絞られたほうが気が楽だ。

『お、これから迎えが行くみたいだから待ってろ』

「迎え、ですか?」

近くに協力者でもいたのだろうか。勝手な行動を取った葵を一人で放っておきたくないのかもしれない。

『落ち合う場所を送っておく』

早速上司に尻拭《しりぬぐ》いをさせることになった自分を恥じ入りながら、葵は静かにその場を立ち去った。


葵は人目がないことを確認し、外した手袋をポケットに押し込みながら雑居ビルの裏口からさりげなく外に出た。微《かす》かに薄暮の色の残っていた空もすでに漆黒に染まっている。

ビジネスバッグを抱え直し、迎えが来るという場所に向かった。繁華街の裏路地は、近隣の飲食店が出した生ゴミの臭《にお》いが鼻についた。

迎えと云われたけれど、誰が来るかは教えてもらえなかった。おそらく協力者の運転するタクシーを寄越してくれるのだろう。普段、彼らは客の会話から情報を得たり、現場から他の捜査員を回収したりとサポート的な役割をしてくれている。

路地に出たところで、滑り込むようにシルバーパールのセダンが停《と》まった。

「待ったか？」

「徳永《とくなが》さん⁉　どうして……」

予想もしていなかった人物が現れたことに、葵は面食らった。

「たまたまこの近くにいたんだよ。早く後ろに乗れ。人目につくわけにはいかないだろ」

「は、はい！」

葵は窓がスモークガラスの後部座席に乗り込み、急いでシートベルトを締めた。徳永は静かにアクセルを踏み、滑るように夜の街を走り出した。

（徳永さんが何で……）

本来、特殊捜査官と特殊分析官が共に行動することはない。遠隔でのサポートと指示が基本だ。表も裏も警察官の分析官に対し、捜査官は仮の姿で生活している。だからこそ、警察官だと疑われるような行動は慎むべきなのだが――。

「怪我《けが》はないか？」

「え？　はい、大丈夫です。すみません、ご迷惑をおかけして……」

「フォローし合うのがバディだろ」

「……！」

徳永の口からバディという単語が出てきたことに息を吞《の》む。テストの結果を教えてもらえてはいないが、ひとまずは認めてもらったということでいいのだろうか。

運転席にいる人物が徳永だとわかった瞬間、驚きと共に浮き立つ気持ちがあったことは否めない。バディとなった相手にミーハーな想《おも》いを抱くのは失礼ではないかという危惧《きぐ》もあるが、憧《あこが》れの人であることは変わらない。

「これって徳永さんの車ですか？」

「ああ、私物だ。捜査官にあるまじき派手さだって云いたいんだろう？」

「い、いえ……」

確かに派手だが、耳目を集める徳永には相応《ふさわ》しい。どちらかというと、乗せてもらっている葵が落ち着かないだけだ。

（やっぱり、助手席は女性専用なんだろうか……）

並んで座る様子を想像する。徳永と噂《うわさ》になったモデルや女優は当たり前のように前に乗り込んだに違いない。

(……あれ?)

不意に胸のあたりが重苦しくなった。徳永の運転は丁寧だが、慣れない車に酔ったのかもしれない。普段は車だろうと船だろうと気分が悪くなることはないのだが。

「それにしても、お前は本当にびっくり箱だな。手がかりを追って、薬物売買の拠点を探り当てたって?」

「あ、はい。ライネリア大使館の周辺を洗っていたんですけど、納入業者に気になる取引があって……本来の任務とは離れてしまったので、退勤後に調べてみようと……」

北條は鷹揚《おうよう》に受け止めてくれたけれど、身勝手な行動をとってしまったことは褒められたことではない。何よりも徳永が危惧していたことだ。

云い訳めいた言葉をつけ加えてしまったのは、後ろめたさのせいだ。

「あの部屋の情報はお前一人で割り出したのか?」

「はい。ですが、違法行為を働いている確証はなく、勘のようなものだったので、自分で確認してから報告しようと考えたんです」

「なるほどな。それで直接現場を見に来たってわけか」

「様子だけ見て帰るつもりだったんですけど、配達員から住人と間違えられて荷物を押しつけられてしまって……」

おそらくあの部屋は売買の中継地点のような場所なのだろう。頻繁に荷物が届いたとしても、人の多い繁華街の雑居ビルのほうが逆に目立ちにくい。

「その上、売人と鉢合わせになるなんてツイてないな。むしろラッキーだったか？」

「本当にご迷惑をおかけしました」

「迷惑とは思っていないが、あまり無謀な真似《まね》はしないでくれ。お前の能力なら、足で稼がなくたって充分だろう」

「分析官は余計なことをするなということですか？　信頼に足らないのなら、もっと精進します」

徳永が自重を促すのは、葵に力不足を感じるからだろう。

「そうじゃない。俺が心配なだけだ」

「え？」

「お前は有能で勘もいい。だけど、現場にはまだ慣れていないだろう。気になることがあったら俺に連絡をしろ。何のためのバディだと思ってるんだ」

「それは――」

「逆に訊《き》くが、そんなに俺が信用できないか？」

「いえ、そんなことは！　ただお手を煩わせたくなくて……徳永さんのような方が出向くには目立ちそうな場所でもありましたし……」

衆目を集める容姿に、仕立てのいいスーツと磨き上げられたプレーントゥ。

「確かにこんな格好で行ったら、怪しんでくれと云わんばかりだな。けど、お前も人のことは云えないだろ」

「何がですか？」

「本当に自覚がないんだな」

徳永はハンドルを握りながら肩を竦《すく》める。

「とにかく、俺じゃなくても捜査官は他にもいるんだ。パトロール警官に確認させたっていいだろう。適材適所で働くのが組織というものだ。お前の能力は買ってるよ、ものすごくな。ただ、動く前にせめて俺には教えてくれ」

「……反省してます」

徳永に諭され、葵は肩を落とした。気負うばかりに冷静さを欠いていた自分を反省した。

「それにしても、まさか売人を絞めて落とすとはな」

徳永はその場面を想像しているのか、くっくっと肩を震わせて笑っている。

「俺だって、そんなつもりはなかったんですけど飛びかかられて、つい」

「つい、ね。頼もしい限りだよ」

「……恐縮です」

「しかし、いきなり妙なものを掘り当てたな。薬物銃器対策課も厚労省の麻薬取締局もまだ何の情報も摑んでいないルートを摑むとはな」

「やっぱり、大使館の誰かが密輸に絡んでいるんでしょうか」

「おそらくな。そのクスリは大使館を経由して国内に持ち込まれたものだろう。大方、最初は業者からのただのキックバックのからくりだったんだろう。そこに薬物の運搬を紛れ込ませたってとこだろうな。ただ、あの部屋が大使館と繋がっていることと違法薬物があの部屋に届いているということは確かだが、大使館が薬物をばらまいてる証拠はない」

「あの、徳永さんは何でこの件にそんなに詳しいんですか?」

　ふと、気になったことを口にする。今回の任務は、あくまで公子の暗殺計画阻止だ。

「ライネリア関係のセレブの間でとあるクスリが流行《はや》ってるという噂があって、個人的に少し前から周辺の密輸ルートを追ってたんだ。その流れで暗殺計画の情報が入ってきたんだよ」

　公子暗殺計画の情報を摑んだのが徳永だったとは知らなかった。

「それじゃあ、この件で大使館の職員を調べれば、暗殺計画に関《かか》わる人間がいるかどうかもわかるのでは?」

「それは難しいな。表向き、その業者と大使館との関わりは食品の納入だけだ。もっと確固たる証拠がない限り、内部までは手を出せない。だから、これまでどおりこっそり覗《のぞ》き見るしかない。つまり、お前の腕の見せどころってことだ」

「徳永さんの期待に応《こた》えてみせます」

「頼もしいな。ああそうだ、周辺の人間は洗ってると思うが、ウチの——外務省の職員はチェックしてるか？」

「来日に関係している一部の方は確認していますが……どういうことですか？」

「——実は今日、省内でウイルス騒ぎがあったんだ」

徳永の歯切れが悪いのは、自分の身内の恥を晒《さら》す気分になるからだろうか。

「え、でも、セキュリティは万全ですよね？」

「外からの侵入に対してはな」

「つまり、内部から感染させられたってことですか？」

「あろうことか、デスクの上に置いてあった見慣れないＵＳＢメモリをＰＣに繋いだやつがいるんだよ」

「いまどき、そんな古典的な手に引っかかる人がいるんですか⁉」

うんざりした口ぶりで告げられた内容に、待鳥は驚きを隠せなかった。省庁の人間がそんな危ない真似をするなんて、ネットワークリテラシーはどうなっているのだろうか。

（だけど、確実ではあるか……）

外からネットワークに侵入して盗み出すよりも、中から外に送り出すほうが簡単だ。内部の人間にウイルスが仕込まれているＵＳＢメモリを拾わせ、トロイの木馬になってもらうというやり方は意外に成功率が高いと聞いている。

「しかも、上役の人間のしでかしたことだから強くも云えない。人は好奇心には弱いんだって再確認したよ」

「それで、ウイルスは除去できたんですか？」

「ひとまずはな。数時間で復旧したが、問題は何らかのデータを盗まれた形跡があるということだ。どのデータが目的だったかはわからないが、いま精査しているところだ」

「差し支えなければ、俺にもウイルスを見せてください。プログラムを見れば、犯人の糸口が摑めるかもしれませんし、ウイルスを作るようなタイプは自己顕示欲が強いことが多いですから、何らかのサインが紛れ込んでいる可能性もあります」

「一応、サイバーセキュリティ課にチェックを頼んであるが、君に任せたほうが早いだろうな。頼めるか？」

「もちろんです」

「もう一つの問題は、あのUSBメモリをあそこに置けるのは省内の人間しかいないってことだ」

「内部犯——」

徳永の挙げた可能性に、葵の眉根《まゆね》が寄る。

「以前、全員の身辺調査を行ったから安心してたんだが、甘い言葉を囁《ささや》かれて悪事に手を染めるやつもいるからな。こちらでも調べはするが、そっちでも洗っておいてもらえると助かる」

「わかりました、こちらも調べてみます」

徳永の依頼に気合が入る。彼の期待に応えれば、いつか対等なバディとして認めてもらえるはずだ。


「あの、ありがとうございました」

徳永の車が着いたのは、葵の自宅だった。まさか自宅まで送ってもらえるとは思わず、恐縮してしまう。

「いや、ゆっくり話ができてよかったよ」

「俺もです。……あの、上がっていきますか？」

こんなふうに云うのはまるで初デートのあとの誘いのようで気恥ずかしかったけれど、別れがたい気持ちを抑えられなかった。

徳永と一緒にいると、不思議といつも以上に背筋が伸びる感覚がする。憧れ、尊敬している人だからこそ、言葉を交わすだけでエネルギーをもらえるのかもしれない。

（でも、いつまでも緊張してるのはよくないよな）

姿を目にしたり、声を聞くだけでドキドキしてしまうけれど、葵たちの仕事では平常心が重要だ。こんなふうに浮き足立っていたらミスもしかねないし、大事なものを見落としてしまうかもしれない。

「あ、でも、そういうのはダメですよね！　本当なら一緒にいるのもまずいのに、変なことを云ってしまってすみませんでした」

徳永が葵と一緒にいるところを誰かに見られたら、今回の捜査に支障が出かねない。それどころか、これまでの潜入で積み重ねたものが台無しになってしまう可能性すらある。

「いや、そういうわけじゃないんだ。迷惑でないなら、少し寄らせてもらおう」

断られるのも覚悟の上だったけれど、彼が誘いに乗ってくれてほっとした。車を自宅の駐車場に駐《と》めてもらい、人目を引かないようにカバーをかける。

（こんな下町の住宅街に高級車が停まってたらすぐに噂になるからな）

人通りの少ない時間でよかった。葵の家は一軒家だ。祖父母の代から住んでいるけれど、いまは葵一人だ。一人では持て余す広さだが、人に貸す気にはなれないし、思い出の詰まった場所から離れる気にもなれなかった。

「どうぞ。古い家でお恥ずかしいんですけど……」

居間に徳永を案内する。

「こちらにどうぞ。あ、頭ぶつけないように気をつけてくださいね」

「おっと、危ないところだったな」

「徳永さんの身長だとウチは天井低いですよね、すみません」

「ウチの実家もこんなものだ。和室の鴨居《かもい》に何度額をぶつけたか」

「徳永さんが？」

「俺だって、たまにはドジを踏むこともある」

畳敷きの和室に籐《とう》製のソファセットが置かれ、床の間には小さな油絵が飾られている。ローテーブルに敷かれたレース編みのテーブルクロスは祖母のお手製だ。この和洋折衷の組み合わせは亡き祖母の趣味で、彼女が生きていた頃は毎日花が生け替えられていた。

「綺麗《きれい》にしてるな。この家が大事にされてるのがよくわかる」

「ありがとうございます。俺一人には広いし、通勤には少し不便ではあるんですけど、なかなか離れがたくて」

「思い出の詰まった場所から離れがたいのは当然だ。ストレスの多い仕事なんだ。ほっとできる家があるなら離れるべきじゃない」

「そう思いますか？」

「ああ、息抜きができるのは大事なことだ」

「あ、いまお茶淹《い》れてきますね！」

そわそわする気持ちを抑えながら、台所へと引っ込んだ。ご近所さんからもらった静岡土産《みやげ》の茶葉を取り出し、薬缶《やかん》を火にかける。

（ウチに徳永さんが……！）

勢いで誘ってしまったけれど、迷惑に思われていないだろうか。そもそも、今日送ってもらったのもイレギュラーな事態だ。本来なら自分たちは人目のあるところで一緒にいるのは憚《はばか》られる。繋がりを知られてはならないのだ。

関係を知られて危ない目に遭うのは徳永のほうだ。特殊捜査官だということが知れて失うのは外交官の仕事だけではない。早速迷惑をかけてしまったことに自責の念を感じる。だからこそ、葵をバディにしたくなかったのかもしれない。

ぐるぐると考え込んでいたら、ピー！　と薬缶が鳴る音で我に返った。

（落ち込んだって、何も始まらない）

今日の失態はこれから取り返していくしかない。人の気持ちを察することが苦手な自分が悩んだって無駄なだけだ。できることを全力でこなすしかない。

「お待たせしました」

淹れたお茶を手に戻ると、徳永は居間に続く仏間で手を合わせていた。閉まりきっていない襖《ふすま》から、仏壇が見えたのだろう。

「勝手にすまない。挨拶《あいさつ》をしておいたほうがいいだろうと思って」

「いえ、祖母も両親も喜んでると思います」

久々の来客だ。祖母はとくに人をもてなすのが好きだった。よく手製のお菓子を葵に振る舞ってくれていたことを思い出す。

「そうだといいな。大事な息子さんを預かるわけだからな。お眼鏡《めがね》に適《かな》っているといいんだが」

「徳永さんなら大丈夫ですよ。あ、お茶冷める前にどうぞ！　お口に合うといいんですけど」

「ありがとう——うん、美味《うま》い」

日本茶を一口含んだ徳永の感想にほっとする。料理やお茶の淹れ方は祖母から習った。普段は優しいけれど行儀には厳しい人だった。

「あの、そういえば、俺の家知ってたんですね」

送ってもらうのに道案内はしていない。会話に夢中になっているうちに、気づいたら見覚えのある場所に着いていた。

「……バディだからな。調べたんだよ」

「そうだったんですか」

「まあ、何て云うか、お互いのことをよく知っていたほうが息を合わせやすくなるだろう？」

（――俺は何も知らない）

彼の家庭環境は有名すぎるほど有名だ。外交官としての優秀さもよく耳にするし、噂話も次々に飛び込んでくる。だけど、頭にあるのはそんな上辺の情報だけ。本当の彼を知っているとは云いがたい。

「どうした?」

「いいえ、徳永さんのこと何にも知らないのに、わかった気になって調べようともしないで……反省してます」

「あ、いや、お互いの背景よりもこうして話をすることのほうが大事だ。それに俺のことなら追い追い知っていけばいい。何なら、今度ウチに遊びに来るか?」

「本当ですか！　あ、でも、俺たちの繋がりが公になるとまずいですよね……」

一介の巡査部長である葵の動向を探っている人間はいないだろうが、徳永はセレブ中のセレブだ。常時、人目に晒されていると思ったほうがいいだろう。

葵の家に来たことだってイレギュラーな事態だ。外交官の徳永だとわかる誰かに見られていたらまずすぎる。

「それもそうか。俺のマンションは厄介な住人ばかりだからな」

「厄介ってどういうことですか?」

「政財界や芸能人の家族ばかりが住んでるんだ。自治会の集まりなんて、何の集まりかわからないくらいだよ」

「へ、へえ……」

近所づきあいからして世界が違う。高級マンションにも自治会があるのかと驚いたけれど、どこで暮らそうが人づきあいからは逃れられないということだろう。

「お陰で集まる情報もあるんだけどな。祖父《じい》さんに譲られたときは売りに出そうかと思ったが、存外役に立ってる。近所づきあいは面倒だけど、任務の一環として耐えてるよ」

「お疲れ様です……」

人づきあいは嫌いではないけれど、そんなに気を遣わなければならない状況では辛《つら》い。葵なら家から足が遠のいてしまいそうだ。

「待鳥もお祖父さんがご存命なんだろう？」

「はい。まだまだ元気なんですけど、俺の世話にはなりたくないって云って、熱海《あたみ》の介護つきのホームに入っちゃいました。海釣りが趣味なので、毎日楽しくやってるみたいです」

「元気なのはありがたいだろうが、寂しくはないか？」

「――そうなんです。両親は幼い頃事故で亡くなったので、祖父母に育てられたんです。祖母も俺が大学生のときに病気で……。だから、これから祖父に恩返しをしていこうと思ってた矢先だったんですけどね」

マメに連絡は取り合っているけれど、誰もいない家に帰るのはやはり寂しい。

「君が怪我なく元気でいることが一番の恩返しになるはずだ。まあ、だから今日みたいなことはできるだけ控えるようにな」

「……善処します……」

わかりましたと決定的なことを云う自信はない。行動することで摑めるものがあるとなったら、また単独行動を取ってしまうかもしれない。

彼の云うようにもっと人を頼るようにしなければと反省はしている。しかし、自分の判断に自信が持てないから人を巻き込むことに躊躇《ためら》いがあるのだ。

「はは、君は素直だな。口だけでもわかったと云っておけばいいものを」

「徳永さんには嘘《うそ》をつきたくないんです」

バディは一蓮托生《いちれんたくしょう》だ。その関係の中に嘘があれば、それが弱みになりかねない。すでにあんな恥ずかしい姿を見せてしまったのだから、いまさら隠すようなことはない。

「――まるで、口説かれてるみたいだな」

「え？　そ、そうですか？」

この状況をどう受け止めていいかわからず困惑する。まるで恋人同士のような空気だ。デートの帰りに部屋に招いたのなら誘ったようなものだろうけれど、自分たちはただのバディでしかない。

「そんなに全幅の信頼を寄せられると、イケナイことがしづらくなる」

「イケナイことって？」

「こういうことだよ」

手が伸びてきたかと思うと、眼鏡を外され――唇を奪われた。想定外の行動に葵は目を瞠《みは》った。

(な、何で？)

いまキスをされる意味がわからない。葵の困惑をよそに、徳永の舌が当たり前のように口の中に入り込んでくる。

「んん……っ」

熱くぬるりとした感触にぞくぞくと背筋が震えた。反射的に突き飛ばしかけた手を寸前で握る。頭の後ろを押さえられ、唇を深く貪《むさぼ》られる。

「んぅ、ン、んん」

(そうか、これは昨日の続きなのか……？)

改めて思わされたが、徳永はキスが上手い。比較対象を知らないけれど、これだけで頭がぼうっとしてきてしまう。

そういえば、徳永は教えることがたくさんあると云っていた。つまり、これはレッスンの続きということなのだろう。ムードを作る練習なのか、一瞬で甘い雰囲気に持ち込むのはさすがとしか云いようがなかった。

（俺はどうしたらいいんだ？　こう、かな……？）

気持ちよさに意識を持っていかれそうになる中、必死に思考を巡らせる。

自分からも体を寄せてみたが、正解かどうかわからない。徳永の背中に腕を回したかったけれど、上手く届かず袖を摑む。

「ン、んぅ」

受け身ばかりではよくないと、自分からも舌を絡めてみた。たどたどしい動きだったけれど、徳永は上手に合わせてくれる。

（どうしよう、キスだけしかしてないのに――）

昨夜の感覚が残っていたせいだろうか。下腹部に熱が集まってくる。もどかしさに膝《ひざ》を摺《す》り合わせたくなるけれど、反応している自分を知られたくなくて必死に耐えた。

だけど、葵のそんな密《ひそ》かな努力など意味をなさなかった。自然な動作で畳の上に押し倒されてしまった。キスは終わるどころかより深くなっていく。

こうやって睦《むつ》み合っていると、本当の恋人同士のような気分になってしまう。それが錯覚でしかないことは重々わかっているけれど、云いようのない幸福感に包まれていることはごまかしようのない事実だった。

「ぁん、ンン、ん」

舌を搦《から》め捕《と》られ、吸い上げられ、甘噛《あまが》みされる。そんな気持ちよさに流され、何も考えられなくなっていた葵だったが、足を膝で割られ、股間《こかん》を腿《もも》で擦られた瞬間――。

「んー……っ!?」

葵の欲望は下着の中で爆《は》ぜてしまった。解放感に頭の中が真っ白になるけれど、すぐに我に返る。

「ご、ごめんなさい！」

せっかくのレッスンなのに、呆気《あっけ》なく果ててしまうなんて情けない。こんなことではムードも台無しだ。

「もしかして、キスだけでイったのか？」

「す、すみません、ダメな生徒で……」

「こういうことは経験が大事なんだ。何度もしていれば、ある程度コントロールもできるようになる」

「本当ですか？」

徳永の慰めの言葉に顔を上げる。

「まずは慣れることだな」

「が、頑張ります」

「とりあえず、これをどうにかする必要がありそうだな」

徳永は確認するかの如《ごと》く、葵のそこに触れてくる。イッてしまったとはいえ、まだ硬いままだ。生温かく濡《ぬ》れた感触が恥ずかしく、いっそ穴を掘って入りたいくらいだった。

「あ、はい、でも、大丈夫ですから。自分でどうにかします」

着替えに行くついでにトイレに行こうと思っていたが、徳永は怪訝《けげん》な表情で葵の顔を覗き込んでくる。

「俺がいるのに？」

「え？」

「心配するな、すぐ楽にしてやる」

「⁉」

徳永は慣れた手つきでベルトを外し、ウエストを緩めてしまう。そして、当然の流れだと云わんばかりに、下着の中に手を入れてきた。

「いや、あの、ご迷惑をおかけするつもりじゃ……っあ、あ」

体液で濡れた葵の欲望を巧みに扱《しご》く。徳永の手の中で、これ以上ないほどに膨れ上がった。厚意でしてくれているのだろうが、申し訳なさすぎる。

「あ、や、徳永さん、ほんとに自分で——あっあ、あ……！」

徳永の手によって生み出される快感に流され、理性も薄れていく。葵はただ息も絶え絶えに喘《あえ》ぎながら、しがみつくことしかできなかった。

4

『ライネリア公国のエルネスト公子は特別機で羽田空港に到着されました。首相夫妻の出迎えを受け、固く握手をかわしました。公子は滞在中、天皇皇后両陛下や皇太子さまと会う予定です』

レポーターの声を聞き流しながら、画面の中を注視する。

(あれがエルネスト公子……)

葵《あおい》は画面に映る暗殺計画の対象を改めて観察する。すらりとした長身の美形で、公子というよりもハリウッドスターのような華やかさだ。エルネスト公子は、ライネリア公国元首であるアルベリク二世の孫にあたる。たしか、継承順位は三位だったはずだ。

ライネリア公国はヨーロッパの片隅にある立憲君主制の小国だ。天然資源もなく人口も少ない小さな国は、生き残る術《すべ》として大規模な技術革新とインターネット経済へ舵《かじ》を切ることを選択した。

「とうとう来ちゃいましたね」

ため息交じりの言葉は佐波《さなみ》のものだ。

「やれやれ、頭の痛い一ヵ月が始まるな」

この部屋にいるのは、主《あるじ》である北條《ほうじょう》と葵と佐波だ。公子はこれから一ヵ月、日本に滞在する。異例の長期滞在で、関係各所は落ち着きのない日々を送ることになるだろう。

ちなみにここは情報統括部の一角にあるガラス張りの個室だが、防音仕様になっているため周りを気にせず会話をすることができる。公子の到着を中継すると聞き、北條の個室にあるテレビを見せてもらっているというわけだ。

彼の到着の様子をこれだけ大々的に民放のテレビ局で中継しているのは、日本との関係が重視されているからというわけではない。

来日が決まった頃から日本でも、女性誌で彼の特集が組まれたり、ワイドショーで時間をかけて紹介されるようになった。マスコミは政治や国際情勢よりも、見た目のほうが重要ということだろう。視聴率や売り上げを重視するならば致し方のないことなのかもしれないけれど。

「それにしても、写真で見るよりイケメンだなあ。〝チャリティーに熱心で、テロや組織犯罪撲滅にも心血を注いでいる。従軍の経験もあり、趣味は料理と車いじり。現代において親近感の湧《わ》く理想的な『公子様』だといえよう〟だってさ」

「佐波さん、それ何の記事ですか？」

「ＳＮＳの女性誌アカウントの実況。へえ、向こうじゃ写真集がベストセラーなんだって」

恵まれた体軀《たいく》に希有《けう》な美貌《びぼう》。厚みのある唇、まっすぐ通った鼻筋、その美貌を引き立てる体格のよさは付け焼き刃のものではなさそうだ。

輝くような人懐こい笑顔がカメラで抜かれてアップになる。日の光を反射してキラキラと輝くプラチナブロンドと背景の青空に負けないくらい鮮やかな青い瞳《ひとみ》が目を引いた。ああして立っているだけで華がある。画面ごしで見ると、資料で知る以上に魅力的な人物だった。

「あの人を殺そうなんて思う人間がいるんですね……」

「人気があるからこそ目障りに感じている人間もいるんだろう。お飾りでいてくれるタマではないだろうからな」

「あちらに暗殺計画があることは伝えてあるんですよね？」

葵も気になっていたことを確認する。

「もちろんだ。出所は伏せて公安にも外務省にも伝えてある。その上で各所で連携して護衛対策を練っているはずだ。その証拠にボディガードの数が尋常じゃないだろう？」

「確かにすごい人数ですね」

ライネリア公国側にも日本側にも、黒いスーツを身に着けた強面《こわもて》がずらりと並んでいる。きっと、画面に映っていないところにも大勢が配置されているに違いない。公子の斜め後ろにガッシリとした体格の男性が付き従っているのが目に入った。スーツの上からも鍛え上げられた肉体が見て取れる。黒髪にはっきりとした眉《まゆ》と目鼻立ちが印象的だ。

「鉄壁って感じですね。あの中に突っ込もうなんて輩《やから》、そうそういないですよね。どんな装備があったって自殺行為ですよ」

「普通の感覚ならな。銃の入手は日本では難しいかもしれないが、ドローンなら容易に入手できる。身一つでも自暴自棄な自爆行為は可能だ」

北條の言葉に背筋が冷える。確かに自暴自棄になれば、何だって怖くないのかもしれないし、方法はいくらでも考えられる。

「あの、彼らに来日を延期してもらうことはできなかったんですか？」

葵はもう一つ気になっていたことを尋ねてみた。

一番安全なのは、犯人を特定してからの来日だ。もう少し時間があれば捜査も進んだだろうが、今日の来日までほとんど日がなかった。

「そういう話も出たらしいが、公子が一日も早く来日したいということで予定どおりのスケジュールになったそうだ」

「そんなに日本に来たい理由があったんでしょうか？」

「知らんよ。まあ、こういうイベントごとがあると、潜伏してるテロリストたちもそわそわし始めるからな。情報収集にはもってこいともいえる」

「大人しくしていてくれるのが一番ですけどね」

「確かにな」

自分たちの部署が必要ないくらいに何事も起きないことが理想だ。だが、そんな理想など絵空事であることもよく知っている。

「あ、徳永《とくなが》さん」

「!?」

佐波の呟《つぶや》きにドキッとしつつも、反射的に画面の中を探してしまう。彼の姿はすぐに見つかった。

「相変わらずいい男ですねぇ。こんな遠目なのに、やたらと目立ってますよ」

外交官として同行している徳永も、総理の近くに控えている姿が画面に映っていた。周りの誰にも見劣りしない。

自宅まで送ってもらったあの日、葵は徳永に抱かれた。彼もそこまでするつもりはなかったのだろうが、葵のほうが収まらなくなってしまったのを見かねて相手をしてくれたのだろう。まだ不慣れな葵に徳永は優しくて、自分たちが特別な関係にあるのではという錯覚を抱いてしまった。それこそが彼の才能であり、能力なのだろうと頭ではわかっていても、心が掻《か》き乱《みだ》された。

（ああいうところが凄腕《すごうで》の所以《ゆえん》なんだろうな……）

テレビの画面ごしに見ていても、あの日の熱に浮かされたような気持ちを思い出してしまう。自分は決して彼に恋をしているわけじゃない。そうとわかっていても、胸がざわめくのを止めることはできなかった。

「文句なしのサラブレッドですし、いつかは彼も政治家になるんでしょうか」

「それはないだろう。政治家は死んでも嫌だと云っていた」

佐波の言葉を北條がさらりと否定する。

「そうなんですか？　向いてそうですけど……。絶対、奥様層に人気出ますよ」

「確かにな。担ぎ上げたい連中もいるらしいが、固辞しているようだ。暗躍するのは好きだが、目立つのは好きではないそうだ」

「はあ？　あんなに目立ちまくってるくせに何云ってるんですかね？　寝言かな」

佐波の厳しい物云いに苦笑してしまうが、云っていることは尤《もっと》もだ。血筋がなかったとしても、外務省の若手の中では一番の出世頭だそうだし、歌舞伎《かぶき》役者のような美丈夫っぷりでは目立たずにいるほうが難しい。

「まあ、我々とは基準が違うんだろう。待鳥《まちどり》、そんなにあいつが気になるか？」

「い、いえ！」

ちらちらと映る徳永ばかりを目で追っていたら、北條に指摘されてしまった。

バディの存在はどうしたって気になるものだが、意識しすぎるのはまずい。万が一、同じ空間にいるときに、関係があると第三者に気づかれるようでは任務に差し障りがある。

「その後どうだ？　あいつの舵《かじ》取りは上手《うま》くいってるか？」

「舵取りって……俺はまだ指導してもらう立場ですから……」

これまでに二度抱かれたけれど、翻弄《ほんろう》されるばかりで最後のほうの記憶がない。情報収集において意識喪失は大問題だ。毎回あんな調子では、現場で実践するのは当面は無理だろう。あとどれだけ経験すれば、羞恥《しゅうち》や困惑、そして快感に流されずに冷静さを保つことができるのだろうか。

「あいつの振る舞いでおかしいと思うことがあれば、すぐに相談するんだぞ」

「そんなことあるわけないじゃないですか」

北條はたびたび似たようなことを云ってくるけれど、足手纏《あしでまと》いになるとしたら葵のほうだ。先日の薬物売買の拠点を探し当てたときだって、下手をしたら大問題になっていたかもしれない。

(北條さん的には冗談というか、軽口の一種なのかもな)

そんなふうに云うことで、身構えすぎる葵を解《ほぐ》そうとしてくれているのだろう。

「いまはパーティ関連の招待客の洗い直しをしてるんだろう？」

「はい、佐波さんに手伝ってもらったお陰で一通り終わりました。無関係の違法行為に手

を染めている人物はいましたが、テロや暗殺計画に関《かか》わりがありそうな人物は見つかりませんでした」

「そういえば、外務省から盗まれたデータは特定できたのか？」

「サイバー犯罪対策課の解析によると、公子の滞在中のスケジュールだったようです。念のため、スケジュールと滞在先は変更したそうですが、大使館主催のパーティの日時は変更できなかったらしく……」

「招待客のこともあるからな」

「警備や入り口での招待客のチェックをさらに厳重にするとのことです」

いまは招待客以外のパーティ関係者の中に不審な人物がいないか、念入りに調べているところだ。並行して外務省の職員の身辺チェックもやっている。

いまのところ調べきれていないのは、公子が個人的に呼んだ友人くらいだ。そちらもリストを出してもらえることになっているが、まだ届いていない。

「先日、待鳥が見つけた業者は摘発された時点で大使館から取引を打ち切られたみたいですけど、やはり大使館の関係者までは調べることができなかったそうです」

件《くだん》の業者が捌《さば》いていた薬物の量は、小遣い稼ぎという域には収まらなかったようだ。麻薬取締局《とりしまり》も以前からライネリア大使館の職員を監視しているらしいのだが、被疑者を絞り込めていないらしい。

「正面からの捜査なら、それは仕方がないだろうな」

「引き続き、業者との関連を洗っていきます」

売買ルートが一つ潰《つぶ》せたことはよかったが、このままではトカゲの尻尾《しっぽ》切りで終わってしまう。大本を叩《たた》くにはもっと確実な証拠が必要だ。

「あの場で俺が見つからなければ、泳がせることもできたんですよね……」

もっと上手《うま》く立ち回ることができていたらと後悔してしまう。

「荷物の中身がわからなかったら、薬物の送り先だということにも気づかなかっただろう。過去に対してもしもを云っても仕方ない。頭を使うなら先のことにしろ」

「は、はい」

北條にぴしゃりと云われ、背筋を伸ばす。後悔ばかりしていても意味はない。反省を次に生かすことが大事なのだと自分に云い聞かせた。

「それにしても、パーティかあ。僕もそういうところに一度は行ってみたいです」

佐波は羨《うらや》ましそうに呟く。

「堅苦しいだけで楽しくもなんともないぞ？　自腹で美味《うま》いものを食べに行ったほうがよっぽどいい」

北條が云うと実感がこもっている。華やかに見えて、実のところ相当気を遣うのだろう。情報収集をするには最適の場だと思うが、違和感を抱かれないようスマートに振る舞うのは容易ではなさそうだ。

「一般市民として少しくらい憧《あこが》れさせてくれたっていいじゃないですか。徳永さんは招待客として行くんですよね？」

「ああ。外交官としてでもあるが、元総理の名代という立場もあるからな」

パーティでは徳永が公子の周辺を直接監視することになっている。公子本人だけでなく、側近や友人たちとも話が合うようにと彼らの趣味や嗜好《しこう》も調べ上げて徳永に伝えてある。会話をし、懐に入り込んで情報を引き出すのが徳永の最大の任務だ。彼以上にうってつけの人物はいないだろう。

「徳永さんなら慣れたもんでしょうからね。ああいうパーティってパートナー同伴のことが多いですよね。徳永さんはどうするんですか？」

佐波の疑問は、葵も気になっていたことだ。

「別れた元妻を連れていくそうだ」

「え⁉」

驚きのあまり、思わず大きな声を出してしまった。

「円満離婚だったってことですか？　それとも、まだ関係が続いてるとか？」

好奇心丸出しで、佐波が北條を追及する。

「詳しいことは私にもわからんよ。だが、貿易会社社長の令嬢で自身でも事業を手がけている女性だからな。連れていくには都合がいいんだろう」

「なるほど。大人の事情ってやつですね」

納得する佐波の横で、葵は一人もやもやとした気持ちを抱えていた。

（何だ、この感じ……）

喉《のど》の奥に何か詰まったような胸苦しさを感じる。

今日の昼食はいつもどおり食堂ですませた。悪くなっていた食材があったとしたら、自分以外の人も気分が悪くなっているはずだ。

「これをきっかけに縒《よ》りが戻ったりして」

「⁉」

佐波の軽口に、今度は後頭部を殴られたかのようなショックを受けた。

「……ど、どんな方なんですか？」

「直接会ったことはないが、すこぶる美人だな。商売人としてもかなりやり手の女性だと聞いている。似合いのカップルだと思ってたんだがな」

「――――」

知ったばかりの情報が上手く呑み込めず混乱していると、さらなる爆弾発言を受けた。

「あれ？　しばらく前に某政治家の娘さんとの縁談が持ち上がってるって話も聞いたな」

「縁談⁉」

「モテる男は忙しいな」

北條と佐波は笑い合っているが、葵の顔は強張《こわば》ったままだ。血の気が引いて、立っているだけで精一杯だった。

(どうしてこんなに苦しいんだ……?)

徳永に離婚歴があることも、女性関係が派手なことも知っている。そもそも、彼のプライベートは葵には関係がない。

「大丈夫か、待鳥? 顔色が悪いぞ」

「す、すみません、糖分が足りてないのかも。ちょっと休憩してきます」

北條の個室を後にして、トイレへ駆け込む。鏡に映った自分の顔は紙のように白くなっていたが、その理由がわからなかった。

先日の健康診断の結果は良好で、風邪を引いた気配もない。確かに普段よりは多忙だし、初めてのトクニンにプレッシャーを感じていた自覚はある。だからこそ体調管理には気を遣っている。

だが、暗殺計画の阻止という任務に想像以上にストレスを感じている可能性はある。葵は冷たい水で顔を洗い、気持ちを切り替えることに努めた。

「……!」

アイロンをかけたハンカチで顔を拭《ふ》いていたら、胸ポケットに入れた専用端末が震えて着信を知らせた。これに連絡してくるのは、北條と徳永だけだ。

驚く必要などないというのに、ドキリと心臓が跳ね上がる。

「……はい、待鳥です」

『待鳥、いまいいか？』

スピーカーから聞こえてきた声音に鼓膜を擽《くすぐ》られる。彼の声はいつまでも聞いていたくなるほど心地いい。

「どうしたんですか、徳永さん。わざわざ電話なんて」

『お前の声が聞きたくて』

「な、何を云ってるんですか」

不意の軽口に動揺する。徳永らしいリップサービスだとわかっていても、悪い気はしない。

『ウイルスの件、助かった』

「いえ、むしろあの程度しかわからなくて申し訳ないです……」

外務省に持ち込まれたウイルスから、作成者の目星はついた。だが、通称がわかっただけで個人の特定には至っていない。以前、どこかの掲示板では自身をKEEKと名乗っていたらしい。KE――ソースの中に無意味に入り込むその二文字がサインのようだ。

USBメモリを持ち込んだ容疑者は数人に絞り込めたものの、特定には至っていない。

データの送り先は当然のように偽装されていたし、現場に置くことができた職員も少なくないという状況だったからだ。

各省庁でそれなりにセキュリティ対策をしているとはいえ、オフィスの全《すべ》てが防犯カメラに記録されているわけではない。徳永からの情報と照らし合わせても、限界はあった。

『公子のスケジュールは調整し直した。ただ、大使館主催のパーティとチャリティーコンサートの日程はずらせなかった』

「仕方がないですね。警護課に頑張ってもらうしかないでしょう」

【ＮＯＩＳ】の役目は情報収集だ。体を張った警護は彼らに任せるしかない。

「パーティは徳永さんも招待されてるんですよね？」

『精々、公子の近くで目を光らせてるよ。サポート頼んだぞ』

「任せてください」

『頼りにしてる』

徳永の声を聞いただけで、ついさっきまであった胸焼けのような感覚が気づいたら綺麗《きれい》になくなっていた。

5

　大使館主催のパーティの日はあっという間にやってきた。

「久々だな、この情報収集車。せっかくの装備なのに、なかなか活躍する出番がなくて勿《もっ》体《たい》ないよな」

「楽しそうにしないでください、佐波《さなみ》さん。それに出番がないのはいいことじゃないですか」

「そうだけどさ。でも、秘密基地みたいでわくわくするだろ」

「…………」

　引っ越し業者のトラックに見せかけた情報収集車には、通信機器やデータ解析の機材が載っている。防犯カメラの回線に入り込んで、人の出入り及び内部の様子をモニターしているのだ。

　こうして待鳥《まちどり》や佐波を含めた特殊分析官が数名乗り込み、大使館の近くで待機していることは警備に当たっている警護課の面々は知り得ない。あくまで陰ながらの情報収集と後方支援が任務だ。

「徳永《とくなが》さんはもう会場に？」

「はい、少し前に入りました。……元奥様と」

徳永の名前を聞くたびに、胸のあたりがもやもやする。この数日、胸のムカつきが消え去ることはなく、胃薬を飲んでみても効かなかった。

仕事に集中しているときは忘れていられるけれど、ふとしたタイミングで蘇《よみがえ》ってくるのが困りものだ。

（責任の重さから来るストレスか？）

初めて任された重大な任務に、自覚している以上に気負っているのかもしれない。そして、その捜査の進捗《しんちょく》はいいとはいえない状況だった。

公子の側《そば》には彼が同行させたボディガードだけでなく警視庁のＳＰもついている。万が一のときは徳永もいるけれど、それでも何が起こるかわからない怖さがあった。

「徳永さん、聞こえてますか？」

すでに会場に入って待機している徳永に声をかける。

『ああ、音声はクリアだ。そっちの状況はどうだ？』

徳永とはお互いの状況と情報を把握し合うため、無線で繋《つな》がっている。聞こえてきた徳永の声に俄《にわか》に緊張する。

　ここのところ、端末でのメッセージのやりとりばかりで言葉を交わしていなかった。こうして彼の声を耳にするだけで浮き立つような気持ちになるのはどうしてだろう。

「いまのところ、不審な動きはありません。そちらはどうですか？」

『警護が多すぎて、俺も身動きが取れん。何かあったら坂本《さかもと》に動いてもらうしかなさそうだ』

　徳永の他にも一人、坂本という特殊捜査官が内部に潜入している。

　彼はこうしたセレブのパーティのケータリングを請け負う会社のスタッフをしており、普段は招待客の会話から情報を収集するのが任務だ。

　怪しまれないよう、無線の類《たぐ》いは身につけていない。持っているのは盗聴、侵入対策を施した市販のスマートフォンだけだ。

『何かあったらすぐ報告する』

「よろしくお願いします」

　徳永との通信を終えたタイミングで、本部から電話があった。

『樋沢《ひざわ》だ。いま情報を送った』

「何かわかったんですか、樋沢さん」

　ネットワーク上の捜査で行き詰まった葵《あおい》は、樋沢に助けを求めたのだ。彼なら自分が見つけられなかった何かを発見してくれるのではないかと期待して。

『大沼《おおぬま》を見つけた』

「え?」

前置きもなく告げられた言葉の意味がわからず聞き返す。

『あとは送ったものを見てもらったほうが早い』

それだけ云うと、通信が切れてしまう。

「相変わらずだな、樋沢さんは……。もうちょっと説明してくれてもいいのに……あ、いま、モニターに出すね」

佐波は小さく肩を竦《すく》めたあと、樋沢からのデータを大きなモニターに表示させた。週刊誌に載ったトップアイドル同士の熱愛スクープの写真だった。

「これ、確かに大沼ですね」

クラブ内で真ん中に写った寄り添う二人ではなく、注目すべき人物に印がつけられている。待鳥はアイドル二人の向こうで、ソファに座るスーツの男の顔を指さした。職員リストの顔写真を何度も見たせいで主要な人物は覚えてしまった。

「大沼って?」

「徳永さんの同期の大沼隆《たかし》です。今日も来てるはずですよ」

隣にはラフな格好の同世代の男が座っている。この写真を送ってきたということは、何か意味があるはずだ。

「残りも出すね」

次に出てきたのは学生服を着た大沼の写真だった。三枚目、四枚目と出てきて、あっと気がついた。クラブで一緒に写っていた人物と、高校のときの同級生の一人が同一人物だ。

（これって俺が借りてきた卒業アルバムの写真か？）

樋沢の求めに応じ、容疑者候補の紙媒体での記録を集められるだけ集めてきた。彼は卒業アルバムや文集、大学のサークルで発行された部誌など、事件とは何ら関《かか》わりのなさそうな資料も欲しがったのだ。

「樋沢さんの報告書読みますね――江嶋国彦《えじまくにひこ》三十二歳、高校生のときに不正アクセス禁止法違反で補導、退学。その後はフリーでプログラミングの仕事を受けて生計を立てている。いくつかのランサムウェアの作成者だろうと見なされているが、いまのところ証拠はない」

「もしかして、あのUSBメモリに入ってたウイルスって――確認してみます」

イニシャルはK．E．偶然かもしれないが、KEEKのサインとも重なる。

派手なことをしたがるタイプの人間ならウイルスのソースにもサインを残したがるだろうし、サインが残っていなかったとしてもプログラミングの癖がどこかに出ているはずだ。

江嶋が高校生のときに作ったと思われるランサムウェアのデータをサイバー犯罪対策課のサーバから引っ張り出し、先日のウイルスと共通点がないか専用のソフトにかけた。

「……おそらく、同一人物が作成したものです」

このプログラムにサインと思《おぼ》しきものは見つからなかったけれど、文字列に類似を多く発見した。偶然で、これほどまでの類似はないはずだ。

「つまり、こういうことか？　大沼は江嶋にウイルス作成を依頼して、それが入ったUSBメモリを上司のデスクの上に置いたと」

「状況証拠でしかありませんが、そう推測できます。ただ、テログループとの繋がりを証明しなければ推測以上にはなりません」

「いま、大使館の中にいるんだろう？　徳永さんに探ってもらえばいいんじゃないか。普段使いのスマホやPCで連絡を取り合ってるわけはない。他にも何かしら端末を持っているはずだ」

フィーチャーフォンやスマートフォン、タブレットはそれぞれ電波を発している。【NOIS】専用端末では、半径三メートル以内に近づくと一方的に同期できるようになっているのだ。

「連絡してみます。――徳永さん、聞こえますか？　徳永さん？」

呼びかけたけれど、返答がない。それどころか、雑音一つ聞こえてはこなかった。連絡用端末でも呼び出しをかけてみるけれど、こちらも繋がってくれなかった。

「……電波障害が起こってる。大使館の中から妨害電波が出てるみたいだ。坂本はどうだ？」

佐波の指示で坂本に連絡を取ってみる。

「——こっちもダメみたいです」

繰り返し暗号を送ってみるが、送信中の画面のまま切り替わらない。

「警護課は何やってるんだ？」

「向こうも混乱してるみたいですね」

無線を切り替えると、内部と連絡のつかないことを危惧《きぐ》した様子で慌ただしくやりとりをしていた。

（これってまずいんじゃ）

大沼が情報を流すだけでなく暗殺者だったとしたら、公子の命も危ない。徳永の口から大沼の名前が出たことがないということは、疑いは一切かかっていないということだ。

公子に近づいても警戒はされないに違いない。

会場内にはボディガードやSPだけでなく、招待客を装った捜査官も多数紛れているけれど、外務省の人間までは警戒していないだろう。

「俺が行ってきます」

「伝達手段がないか考えるから待て」

「そんな余裕どこにあるんですか！」

葵が直《じか》に伝えに行こうとトラックを飛び出した。

『待て、待鳥！　無謀な真似《まね》はするな。そのまま行ったって、中に入れるかわからないだろう』

佐波からの通信で諭される。基本的に情報統括部の現場への出動はあり得ないし、【NOIS《ノイズ》】の活動自体は極秘だ。

葵が警察手帳を見せたところで、門前払いの可能性もある。

「でも、急がないと」

『ボスに手回ししてもらうから正面入り口近くで待ってろ』

「わかりました」

佐波の指示に従い、大使館に向かう。警備の警察官に怪しまれないよう、ゆったりと。

じりじりと待っていた葵の耳に、佐波の声が聞こえる。

『固定電話回線が生きててよかったよ。ボスに話をつけてもらった。名乗って警察手帳を見せれば中に入れる』

「ありがとうございます」

現在、連絡を取り合う手段はほとんど各人の持つスマートフォンで行われている。この電波障害が公子を狙《ねら》う犯人によるものだとしたら、固定電話のことは失念していたのかもしれない。

『電波障害が起こっていて連絡がつかないから、本部長に急用を直に伝えに来たって設定だからそのつもりでな』

「わかりました。万が一訊《き》かれた場合、急用の内容はどうしますか？」

『本部長の家族の急病とかでいいんじゃないか？　大使館の警備員に名乗れば入れてもらえるはずだ』

警察関係者が招待客の中にいて助かった。もちろん、その人物は【ＮＯＩＳ】の任務に関しては一切知り得ないが、緊急事態のため利用させてもらう。葵は招待客の受付がある正門に出向き、名簿のチェックをしていた警備員に声をかけ警察手帳を見せた。

「すみません、待鳥と申します」

「ああ、いま連絡を受けました。念のため、ボディチェックをしてもよろしいですか？」

「ええ、もちろん」

焦りを隠しながらボディチェックを受ける。入り口の警備が警察官だったら、何故《なぜ》情報統括部の人間が来るのかと怪しまれただろうが、大使館の手配した人員で幸いした。

「この電波障害はいつになったら直るんですかね」

「いま各携帯電話会社に問い合わせをしているところだと思います。困りますよね、連絡が取れないと」

「そうなんですよ。固定電話だけだと不便ですからね」

涼しい顔で世間話につき合いながら、金属探知機もクリアし、大使館の中に足を踏み入れた。

(まずは大沼の居場所を押さえないと)

彼が犯人と決まったわけではないけれど、動向は見張っておきたい。協力者か実行者かはわからないが、何かしらに関わっていることは事実だ。徳永の協力を受けられるのが一番いい。だが、ただのスーツ姿の自分が近づけば逆に目立ってしまう。

(どこにいる?)

まずは公子のいるパーティ会場を目指した。大抵の人間はそこにいるはずだ。大勢の前で犯行に及ばないとは思うが、可能性がゼロだとは云いきれない。

直接襲うのでなく、飲み物に毒を盛ることも考えられる。公子が口にするものには側近のチェックが入るはずだが、それでもどこかに隙《すき》が生まれる可能性がないとは云いきれない。

「……ッ」

(徳永さん——)

怪しまれない程度に会場内を移動していた葵は、大沼よりも先に徳永の姿を発見した。

元妻と寄り添い、公子や大使たちと談笑する姿が目に入った。

近くにはSPが何人も控えている。公子が徳永の目の届くところにいることにほっとすると同時に、元妻との仲睦《なかむつ》まじい様子に胸がざわめいた。

北條《ほうじょう》が美人だと云っていたけれど、写真で見るよりもずっと綺麗《きれい》な人だった。二人で並んでいても見劣りしないどころか、お互いの魅力を引き立て合っている。本当にお似合いのカップルだ。

徳永の元妻、天澤美知佳《あまさわみちか》は、資産家の令嬢で元モデルだ。手脚の長いすらりとしたスタイルのよさで、シンプルなカクテルドレスをセンスよく着こなしている。どんな人なのか気になって少し調べてしまったのだが、彼女のインタビュー記事によれば、二人の出逢《であ》いはパリで、一目見た瞬間に運命を感じたらしい。

（あの二人、どうして別れたんだろう……）

一人目の結婚は任務のためだったと聞いているけれど、彼女とは恋愛結婚だったと聞いている。あの様子では仲違《なかたが》いをして別れたわけではなさそうだ。

人前でよそ行きの顔をしているといっても、お互いに信頼を寄せているのは見てわかる。頼りにしているからこそ、パーティの同伴者に彼女を選んだのだろう。

徳永にとって、彼女がバディのような存在なのかもしれない。仕事の内容は話せなくとも、大事な局面を任せられる。そんな存在ではないだろうか。

「……っ」

徳永が美知佳に顔を寄せて囁《ささや》いている。唇が触れそうな距離で笑い合っている様子に、走って逃げ出したい衝動に駆られた。

——これは間違いなく嫉妬《しっと》だ。

徳永に当たり前のように寄り添う元妻に、憎しみに近い感情を抱いてしまった。

(嫉妬なんて、そんな権利、俺にあるわけないのに)

自分こそが彼のバディなのだという気持ちがあるのだろう。分不相応な感情を律しようとするけれど、荒れ狂う胸の内はコントロールが利かなかった。

(……いまは余計なことを考えている場合じゃない)

激情を消すことはできないけれど、ひとまず横に置いておくくらいならできる。深呼吸をして、気持ちを切り替えた。

どうにかして摑《つか》んだ情報を徳永に伝えなければならないが、あの状況ではさりげなく近づくことも難しかった。

思案していたところ、幸いにも坂本を見つけることができた。彼も待鳥の姿を目にして何かあることを察した様子だった。

手帳の白紙のページに大沼のことと徳永への伝言を書いて破り取り、すれ違う瞬間、坂本の制服のポケットに滑り込ませる。その後さりげなく振り返り、彼がポケットに手をやるのを確認した。

　あとは大沼の動向を見張っておくだけだ。会場内を再度見回すと、見覚えのある顔が目に入った。

（いた！）

　大沼がパーティ会場から、するりと抜け出る姿を目撃した。公子から離れてくれたことにほっと胸を撫《な》で下ろしつつも、何をするかわからず油断はできない。少なくとも、パーティの間だけは目を離さないようにしなくては。

「す、すみません、通してください」

　葵はごった返す来客の間を縫うようにして、彼が消えた扉まで辿《たど》り着《つ》く。そこから会場を出ると、廊下が左右に伸びている。

（どっちに行った？）

　大使館の間取りは概《おおむ》ね頭に入っているけれど、行き先には見当がつかない。勘であたりをつけて右に進むと、廊下の角に人影が消える瞬間を目撃した。

「！」

　あの先には大使館スタッフのオフィスしかなかったはずだ。外務省職員である大沼が好き勝手に出入りできるところではないが、勝手に潜り込んだ可能性はある。

　葵は息を殺し、ドアノブをそっと回してオフィスの扉を押し開けた。しかし、ここには誰の姿もなかった。

(どこに隠れたんだ……?)

この部屋に隠れられる場所はあまりない。デスクの下には誰もいなかったし、戸棚も大の男が入れるサイズではない。窓から逃げたのだとしたら、内側から鍵がかかってはいないだろう。

「!」

観用植物の影に扉を見つけた。もしかしたら、あそこから隣に逃げたのかもしれない。隣室を確認しに行こうとしたそのとき、熱帯魚の泳ぐ水槽に何かの影が映ったような気がした。

「!?」

気配を感じた瞬間、ちくりと首に痛みを感じた。反射的に振り返ろうとしたけれど、それよりも先にがくりと膝《ひざ》をついてしまう。

(しまった——)

自分で開けた扉の裏を見落としていた。どんな薬を打たれたのかわからないが、すぐに意識が朦朧《もうろう》としてきた。必死に耐えようとしたけれど、そのまま前のめりに倒れてしまった。ポケットの上から端末を探って指先の感覚だけで操作する。運がよければ、これで会話がいくらか録音できるはずだ。

「危なかったな……こいつ、どこの部署の人間だ？」

たぶん、これは大沼の声だ。あちこちのポケットを探られ、警察手帳と連絡用端末を抜き取られた。

「情報統括部？　ああ、例の縦割りの弊害をなくすためとか云って情報の一元管理を始めたとこか。けど、何でそんな事務屋がこんなところまで？」

「電波遮断が仇《あだ》になったな。さっき、中と連絡がつかないから伝言に部下を寄越すと警視庁から連絡があった。差し詰め使いっ走りだろう。スマホはロックがかかってるな」

ぽちゃん、と音がする。いまのは端末が水槽に落とされた音だろうか。

このもう一人の声は大使館関係者のようだ。流暢《りゅうちょう》な日本語を操っているけれど、どこか外国語のなまりがある。北條に取ってもらったアポが伝わっているということは、ある程度の地位にあるということだろう。

顔を見ておきたいのだが、体の自由がきかない。どうにか意識は保っているけれど、ちょっと気を抜いたら気を失ってしまいそうな状態だった。

「おい、だったら無視したほうがよかったんじゃないのか？」

「そうかもな。だが、バレたかもしれないと泣きついてきたのはお前だろう」

「し、仕方ないだろう！　国彦から調べられてるみたいだって連絡があったんだから！」

国彦というのは、江嶋の下の名前だ。彼はどうして自分が調べられていることを察することができたのだろう。

「そいつに調査の手が及ぶのは想定内だろう。よほどの無能集団でなければ、ウイルスの作成者くらいには辿り着く」

「なあ、こいつはどうする？　放っておくわけにはいかないだろ」

「始末するしかないだろうな」

「それはまずい！　警察官を殺したりしたら大騒ぎになる」

「一晩、行方不明になるだけならどうだ？　薬漬けにして、こちらに引き込めばいい。それにこの野暮な眼鏡を取れば綺麗な顔をしているじゃないか。色々と使い道もあるだろう」

髪を摑んで頭を持ち上げられる。顔を検分されているようだ。こちらからも相手の顔を確認したかったけれど、足下しか見えなかった。

「なるほど、それもそうだな……」

仲間の提案に、大沼がごくりと喉《のど》を鳴らす気配がする。

「とりあえず、隠しておくぞ。公子専用の部屋のクローゼットならしばらくは見つかることはない。運ぶからお前は足を持て」

ごろりと転《か》がされ、仰向けにされる。脇《わき》の下に手を入れて抱え上げられたそのとき、独特の香りを嗅いだ。

（何だ、この香り……）

この男のつけているオードトワレだろうか。微《かす》かだが、初めて嗅ぐ華やかで甘い香りがした。

「わかった」

足を摑まれると同時に、部屋の外からわざとらしさを感じるくらいの大きな話し声が聞こえた。

「すまないな、少し飲みすぎたみたいだ。手洗いはこっちでいいのかな？」

「いえ、そこはスタッフの控え室となっております」

「じゃあ、ここか？」

「そちらでもございません。手前の角を曲がった先にございますが、ご案内いたします」

どうやら、酔っ払いが次々に各部屋の扉を開けていっているらしい。

「おい、こっちに近づいてきてるぞ。あの声――徳永か⁉　あの野郎、いつもいつも俺の邪魔しやがって……！」

「恨み言はあとにしろ。いまは逃げるしかない」

「逃げるって云ったって、こいつはどうするんだ」

「仕方ないから置いていく」

「で、でも、俺の顔は見られてるんだぞ？　一思いに始末したほうが――」

「警察官を殺したら大騒ぎになると云ったのはお前だろう？」

「そうか、そうだったな……。しかし、そうなると俺はどうしたらいいんだ？」

「大丈夫だ、心配するな。この薬は打った前後の記憶が飛ぶ。お前も効果は目にしてるだろう？」

「あれを使ったのか！　それなら問題ないな」

公子の暗殺計画はともかく、薬物の密輸には確実に関係がありそうだ。

「むしろ、いまはここにいるほうがまずい。そこの扉から出れば裏口に行ける。あの酔っ払いに見つからないように移動するぞ」

カシャン、と何かが割れる音がする。

「しまった」

「おい、気をつけろ！　証拠を残していく気か⁉」

「拾わなくていい。大丈夫だ、私の指紋はついていない。破片で指でも切ってＤＮＡを残すほうがまずい」

「それもそうだな……」

「行くぞ」

大沼たちはひとまずここを離れるらしい。いまの会話を録音できていれば証拠になったかもしれないが、端末は水槽に沈められている。

（くそ、目の前で逃がすなんて……！）

大沼たちが去った直後、廊下側の扉が開く。

「待鳥⁉」

自分の名を呼ぶ徳永の声にほっとする。息を呑《の》むような音と共に、自分に駆け寄る気配があった。抱き起こされるけれど、体に力が入らない。

「――大丈夫か？」

（徳永さん……）

さっきの伝言が上手《うま》くいったのだろう。待鳥と大沼の姿がないことに気づき、探しにきてくれたようだ。あのわざとらしい酔っ払いを装ったスタッフとのやりとりは、万が一にも大沼たちに捜査官だと気づかれないための演技だったのだろう。彼らを追いかけてくれと云いたいけれど、声が出ない。安心したせいか、一気に意識が遠ざかっていく。

「……あ……」

「坂本、車を呼んでくれ。そこの電話なら繋がるはずだ」

「はい」

徳永は待鳥の体を探り、怪我《けが》をしていないか確認している。

「何をされたか云えるか？」

「く…り……ちゅ…しゃ……」

何があったか伝えなければと口を動かすけれど、すでに呂律《ろれつ》が回らずどうにか発声できたのはこれだけだった。

「薬を打たれたのか、くそ」

「すみ……ま……せ……」

「無理に喋《しゃべ》るな」

喋るなと云われても伝えなければならないことがある。

「すい、そ」

「何？　水素？　水槽か！」

視線で示すと、徳永は云いたいことを察してくれた。水槽に沈められた端末が無事なら、さっきの会話が録音されているはずだ。

録音された声から、大沼の協力者を割り出すこともできるかもしれない。

「端末に何か入ってるんだな。よくやった、待鳥。あとは俺たちに任せろ」

頭を撫でられる心地よさの中、葵の意識は遠ざかっていった。

6

「あとは頼む」

「わかりました」

徳永《とくなが》はケータリング会社のスタッフとして潜り込んでいた特殊捜査官の一人である坂本《さかもと》に細かく指示を出し、呼んでもらったタクシーに待鳥《まちどり》と共に乗り込んだ。

大使館の警備員には、飲みすぎて気分が悪くなった友人を送っていくという体《てい》を装っておいた。入るときのチェックは厳しいけれど、出ていくときは何もない。この手配してもらったタクシーも協力者だ。

美知佳《みちか》には坂本から、先に帰ったと伝言をしてもらうことになっている。彼女も協力者の一人だから、状況は察してくれるだろう。

『徳永、待鳥の様子はどうだ』

車に備えつけられた無線から、北條《ほうじょう》の声がする。

「いまは意識がありません。呼吸が荒く、体が熱い。クスリを打たれたようですが、十中八九あれだと思います」

薬物の入っていた瓶のものと思《おぼ》しき踏まれて割れた薄紫色のガラスが、葵《あおい》の近くに落ちていた。セレブに広まっているクスリは同じ色のアンプルに入っている。証拠として確保した欠片《かけら》を解析すれば特定できるはずだ。

いま界隈《かいわい》で流行《はや》っているドラッグの主な特徴は、記憶障害と興奮作用だ。まず体の自由がきかなくなり、意識が飛ぶ。そして、目が覚めたときには興奮状態になっていて、代謝されるまでの間、その症状が持続する。

そして、二度目に目が覚めたときには摂取した前後の記憶がなくなっている。セックスドラッグというより、たちの悪いレイプドラッグとして使われているようだ。数度の利用なら離脱症状もほとんどないため、何をされたか気づいていない被害者もいるだろうとのことだった。

副作用もあまりないという触れ込みだが、使用者の中には過剰反応を示し、異常行動に出て事故に遭った者もいる。油断は禁物だ。

『青山に向かってるんだろう？　医者を手配したが、出先にいて小一時間はかかるかもしれん。応急処置だけはしておいてくれ』

「わかってます」

自分たちの仕事は表沙汰《おもてざた》にはできない。つまり、任務中に薬物を注射されたからといって病院には行けないということだ。北條が呼び出したのは、協力関係にある【NOIS《ノイズ》】御用達《ごようたし》の医師だ。彼が中和剤を持ってきてくれるといいのだが。

『大沼《おおぬま》はこちらでも探している。待鳥が目を覚ましたら、連絡をくれ』

「わかりました」

向こうのことは任せておけばどうにかなるだろう。

（待鳥……）

苦しそうに浅い呼吸を繰り返す葵の頭を撫《な》でてやる。いまはこんな気休めしかしてやれることはなかった。

「もうすぐ着きます」

タクシーはとあるタワーマンションの地下駐車場に入っていった。後部座席から警備員にカードキーを渡してセキュリティを通過する。

ここは青山にあるセーフハウスの一つだ。地下の入り口を使用すれば、建物への出入りが目撃されにくいところが利点だ。

「こちらでいいですか？」

「ありがとう、助かった。すまないが、これを本部に届けてもらえるか？　調べてもらえば薬物を特定できるはずだ。それと待鳥の端末なんだが、何か記録したようだ。水没させられていたんだが、データが生きてるか確かめてもらってくれ」

ハンカチに包んだガラスの欠片と共に渡したのは、水槽から回収してきた端末だ。葵があれほど必死に訴えたのだから、何か重要なデータが入っているのだろう。

「わかりました」

待鳥を抱えてタクシーを降り、エレベーターに乗り込んだ。エレベーターも専用の鍵《かぎ》を翳《かざ》さなければ特定の階には停まらないようになっている。

抱き上げた葵はさっき以上に呼吸が荒くなっていた。体温が上がり、額にはじっとりと汗が浮いている。かなり苦しそうな様子に気が急《せ》いた。

「もう少しで部屋に着くからな」

エレベーターが目的階に着くのを逸《はや》る気持ちで待つ。扉が開くと同時に足早に向かったセーフハウスのベッドに寝かせることができたけれど、葵は息苦しそうに浅い呼吸を繰り返すばかりだった。

(応急処置っていったってな……)

この部屋には中和剤はない。怪我《けが》の応急手当ては講習を受けているが、ドラッグ関係の知識は浅い。素人が下手なことをするよりは、ひたすら水を飲ませて代謝を早めることに努めるのがよさそうだ。

「とにかく水だな」

食料のストックからミネラルウォーターのペットボトルを一抱え運び、意識のない葵の体をそっと揺らした。

「待鳥、少し起きられるか？」

「……徳永…さん……？」

　完全に意識を失っていたわけではないらしい。徳永の呼びかけに、葵はうっすらと目を開けた。

「ああ、俺だ」

「ここは……？」

「セーフハウスの一つだから安心しろ。いまは体が辛《つら》いだろうが、中和剤が届くまで我慢してくれ。体はどうだ？」

「あつい…です……」

「いま空調を入れたからすぐに涼しくなる。スーツは脱いだほうがいいな」

　上着を脱がせて、ネクタイを解《ほど》いてやる。ボタンをいくつか外すと、少し楽になったようだった。

「水は飲めそうか？」

「たぶん」

　体を起こそうとする葵を支えてやり、蓋《ふた》を開けたペットボトルを渡したけれど、上手《うま》く手に力が入らないようでまともに飲めていない。

口の端からほとんど零《こぼ》れ落ちてしまって、ワイシャツやシーツが濡《ぬ》れるばかりだった。

「あ、れ？　なんで……」

「貸してみろ」

徳永は葵の手からペットボトルを取り上げ、自ら水を口に含む。そして、口移しで飲ませてやった。

「……ん……」

「飲めたか？」

「もっと、ください」

薬物を打たれたせいで喉《のど》が渇いているのだろう。発汗すればそれだけ代謝が早まるはずだ。繰り返し求められ、ペットボトルが一本空になった。

「徳永さん、もっと」

「いま次のを開けるからちょっと待て」

「水じゃなくて、はやく」

舌っ足らずな求めに、葵が欲しているのは水ではないということに気がついた。

（そうか、あのクスリは欲情するんだったな）

未経験の人間でも嘘《うそ》のように乱れ、欲しがるようになるという話だった。何度か吐精すれば楽になるとのことだが、打たれた量にもよるはずだ。

「おねが…もっと……」

「わかってるよ」

甘くねだられ、喜んでしまいそうになる自分に罪悪感を覚える。これはクスリのせいなのだと云い訳をしながら、苦しそうにねだる葵に口づけてやった。

「んん、ん、ん」

少し前に抱いたときはされるがままだったのに、今日は自ら舌を交わらせてきた。体が熱くなっているせいか、口の中も熱くてこちらまで溶かされてしまいそうだ。

「うん、ン、んー……っ」

（やばいな、俺のほうがどうにかなりそうだ）

情熱的な口づけに、徳永の体は呆気《あっけ》なく火をつけられた。すぐさま襲いかからないのは、弱みにつけ込むことに躊躇《ためら》いがあるからだ。

だけど、葵は徳永の葛藤《かっとう》をよそに大胆な行動を取る。

「あつい、もっと脱ぐ……」

ズボンを脱ごうとしているけれど、ベルトのせいで上手くいっていない。

「ちょっと待て、ベルトを外すから」

腰回りが苦しいのだろうと金具の部分を緩めて、ホックを外してやると、待鳥は待ち切れなかった様子でウエストを押し下げた。

自らボクサータイプの下着まで下ろそうとするのを、思わず止めてしまった。

「待鳥、それはさすがに」

「でも、苦し……早く出したい……」

下着の上からでもわかるほどに張り詰めた欲望は見るからに苦しそうだ。どうにかしてほしいと思うのは当然の反応だろう。

「……わかった。云っておくが、これは症状への対処だからな」

云い訳めいたことを口にしながら、葵の下着の中に手を差し込んだ。熱く張り詰めたそこは、少し冷たい徳永の手に包まれ、びくりと反応する。

「んっ」

「すまない、冷たかったな」

「へいき、です。あ、はっ、もっとつよく」

鼻にかかった声でねだられるのが堪《たま》らない。

「こうか?」

「んっ、あ、いい、きもちいい」

素直な感想が口をついて出ているのは、クスリの影響だろう。

(自白剤の効果もあるのかもな)

薬の効果か、やけに饒舌《じょうぜつ》だ。感覚が鋭敏になり、欲望に従順になっているのだろう。

もっと卑猥《ひわい》なことを云わせたい衝動に駆られる。

「ここが好きだったな？」

「ん、すき、んんっ」

たった二文字の単語でも、葵の口から告げられるとそれだけで昂揚《こうよう》する。

『徳永さん！　待鳥の様子はどうですか⁉』

待鳥を高めることに夢中になっていた徳永だったが、突然佐波《さなみ》から通信が入り、心臓が止まりそうになった。無線を耳に入れたままだったことを忘れていた。

（くそ、このタイミングでか）

思わず舌打ちをしてしまうが、無視するわけにもいかない。

「待鳥、ちょっと我慢できるか？」

「……？　はい……」

「声を出すなよ」

葵の頭を引き寄せて自らの肩口に押し当ててから、こちらの通信もオンにした。

「徳永だ。待鳥の様子だが、クスリの副作用が出てきた。命に関《かか》わることはないとは思うが、相当苦しいだろうな」

さすがに苦しさを緩和すべく行動しているとは云えなかった。

『神志那《こうじな》先生が到着するまで、一時間ほどかかるようです』

「他の医師は手配できないのか？　最悪、中和剤だけでも構わない」

『探してはいますが、こちらの事情を汲《く》んでくれる方となると難しくて……。中和剤も別個に手配できないかやってみます。それまで頑張ってもらってください』

「……わかった。それで待鳥の端末はどうだった？」

『物理的に壊れた上に水に落とされていたので本体はもう使い物になりませんが、ある程度はデータを抜き出せそうです』

「本当か」

体を張った葵の成果だ。重要な情報が入っているはずだ。

佐波との通信に気を取られていたら、葵は我慢しきれない様子で腰を擦《こす》りつけてきた。

我慢を強いるのは可哀想《かわいそう》になり、慎重に指を動かしてやる。

（声を出さないでくれよ）

そう祈りつつ、気持ちよさそうな吐息が零れるのを確認しながら愛撫《あいぶ》を続けた。

「大沼はどうした？」

『まだ見つかっていません。いま捜索してますが、どのカメラにも写っていなくて。大使館内に協力者がいたようですが、正体が摑《つか》めていません。通信がどれもダメになってたんで待鳥のデータが頼りです』

「お前の腕なら修復は簡単だろう」

『簡単なわけないじゃないですか。全力は尽くしますが、物理的に無理な場合もあるんですよ』

佐波と言葉を交わしている間も、葵はさらに強く腰を押しつけてくる。刺激が物足りないのだろう。やむなく体液の滲《にじ》む先端を擦ってやると、気持ちよさそうに身悶《みもだ》えた。

「あ……っ」

求められるがままにうっかり強く擦ってしまった瞬間、葵が高い声を上げた。

(しまった)

徳永の背中に冷や汗が流れると同時に、イヤホンの向こうが沈黙する。

『……徳永さん？』

「何でもない」

『いまの声、まさか待鳥に――』

「本当に何でもないんだ。とにかく、あとは頼んだ」

『徳な――』

急いで通信を切り、耳からイヤホンを外して遠くへ放り投げる。完全にバレたが、ここで放り出すわけにもいかない。

「終わり…ましたか……？」

「我慢させて悪かったな、待鳥。すぐすませてやるから」

バレてしまった以上、処置の一環だと云い張るしかない。そのためには、一刻も早く終わらせることが必至だ。

足の間に挟むようにして葵を背中から抱き、ズボンと下着を膝《ひざ》まで下ろさせる。

「自分で脱げるか？」

葵はこくりと頷《うなず》き、足に絡まった衣服を蹴《け》り捨てた。自由になった両足を大きく開かせる。左手で根元の膨らみを弄《もてあそ》び、もう一方の手でガチガチに硬くなっているものを扱《しご》いた。

「あっ、あ、あ……っ」

甘い嬌声《きょうせい》が、徳永の脳みそをダメにしていく。葵を高めるためだけに集中すると誓ったばかりなのに、誘惑に負けて思わず後ろも探ってしまう。

「んっ、や、あ」

昂《たか》ぶりの先端に浮かんだ体液を指先で掬《すく》い取り、硬く閉ざしたそこをぬるぬると撫でると、葵はくすぐったそうに身じろいだ。

リクエストどおり屹立《きつりつ》を強めに扱いてやりながら、後ろに指を押し込んだ。浅い部分を抜き挿ししてやると、さらに甘い声が上がる。

「あっ、ん、んん……っ」

葵が男女問わず未経験だったと知ったあの瞬間、言葉では云い表せないほどの後悔と歓喜に襲われた。できることなら時間を巻き戻してやり直したかったけれど、そんな特殊能力など持ち合わせていない。

「徳永、さん、もう出る、あっ、あ、あ……！」

葵の限界が近いとわかり、追い詰めるように刺激する。ぐりっと先端の窪《くぼ》みを抉《えぐ》ってやった瞬間、

「〜〜〜ッ!?」

葵は徳永の手の中で終わりを迎えた。びく、びく、と断続的に生温かいものを吐き出したあと、大きく息を吐いて体を弛緩《しかん》させた。

肩を上下させて荒い呼吸を繰り返しているけれど、さっきまでの熱に浮かされたような息苦しさは緩和しているように見えた。瞳《ひとみ》にも幾分正気が戻ってきている。

「少しは楽になったか？」

「はい、でも……」

「でも？」

「……徳永さんのが当たってます……」

少し躊躇ったあと、気まずげに報告される。それは自分でも気づいていたことだ。

「すまん、これは不可抗力だ。気づかなかったことにしてくれ」

腕の中であんな痴態を見せられて反応しないわけがない。クスリのことがなければ襲い

かかっていたところだが、さすがに今日はこれ以上はまずい。

「トイレで抜いてくる。少しの間、一人にしても平気だな?」

葵から離れてベッドから降りようとしたけれど、シャツの袖《そで》を摘《つ》まんで引き留められた。

「どうした? すぐすませてくるよ」

一人になるのは不安なのかもしれないと思ったが、葵の口から出てきたのは想定外の言葉だった。

「……あの、俺が手伝います」

「責任を感じなくてもいいんだぞ」

「し、してみたいんです」

「何のことだ?」

「その、口でするやつです……」

徳永は思わず目を瞠《みは》った。葵の視線は徳永の股間《こかん》に向いている。口で、というのはそういうことを云っているのだろうか。

「お前が、俺のを、ということか?」

指で葵を指し、そのあとに自分を指し示して確認する。

「俺じゃ嫌ですか……?」

ワイシャツ一枚の葵に、とろんとした目つきで迫られる日が来るなんて思ってもみなかった。いくら魅惑的な誘いだとしても乗るわけにはいかない。徳永は必死に理性の壁を築く。ベッドの上でこんなに動揺したのは初めてだ。

「嫌ではないが――」

本音を云えば大歓迎だが、弱ったところにつけ込むようなものだ。だいぶ正気が戻ってきたとはいえ、クスリの影響はまだ残っている。そうでなければ、こんなことを云い出すはずがない。

「してみたいんです。上手くできるかわからないですけど……」

上目遣いにねだられ、あえなく陥落してしまった。

「……そこまで云うならやってみろ」

何を云ってるんだと理性的な自分が頭の中で叫んでいたけれど、肉体のほうは期待にはち切れそうになっていた。

ベッドヘッドに寄りかかるような体勢にされる。葵は徳永の足の間に正座し、覚束《おぼつか》ない手つきでベルトやホックを外した。白く細い指がファスナーを下ろす様子に息を呑《の》む。

下着の中からいまにも暴発しそうな自身が取り出された瞬間、積極的だった葵も躊躇いを見せた。

「無理はしなくていいんだからな」

「大丈夫です、ちょっとびっくりしただけなので」

凶暴というべき存在を目の当《ま》たりにして一瞬怯《ひる》んだ様子だったけれど、やめたいとは云い出さなかった。

「……ん……」

待鳥は徳永の腿《もも》に手を添え、露《あらわ》にした先端に口づけてくる。その柔らかな感触だけで暴発してしまいそうになったけれど、男のプライドにかけて耐え忍んだ。

「……っ」

何度か口に含もうとしているけれど、サイズのせいで葵の口にはなかなか入りきらないようだった。たどたどしい様子も堪らないけれど、焦《じ》らされ続けるのも辛い。

「口に入りきらないなら、全体を舐《な》めるんだ」

吐息を噛《か》み殺《ころ》しながら指示をすると、葵はそそり立つ屹立を裏側から舐め上げる。すでに猛《たけ》っていたけれど、舐めたり吸ったりされているうちにさらに硬くなっていった。

「こう、ですか……?」

「ああ、上手だ」

口ではそう云いつつも、上手いとか下手とかそういうことは些末《さまつ》な問題だ。葵がしてくれているだけで頭がどうにかなりそうだった。

「ン、んぅ……っ」

葵の熱い舌の感触が堪らない。余裕ぶった態度を取るのももう限界だった。苦しそうに眉《まゆ》を寄せながら自分のものを夢中になってしゃぶる葵の表情を見ていたら、耐えられなくなってしまった。

「……待鳥、もういい」

やめさせるために顔を上げさせようとするけれど、葵は云うことを聞こうとしない。

「んん、う、ン」

「もう——」

「……ッ」

攻防の末、徳永の欲望は呆気なく爆《は》ぜた。勢いよく飛び散った白濁が葵の顔に派手に散る。葵は何が起こったのかわからない様子で呆然《ぼうぜん》としている。

白いもので汚れた葵の顔に嗜虐《しぎゃく》心を煽《あお》られ、なけなしの理性が音を立てて飛んだ。

「くそっ」

「え……っ」

葵をベッドに組み敷き、両足を抱え上げる。予備の避妊具を忍ばせた財布に手を伸ばす余裕などあるはずもなく、剝《む》き出《だ》しの欲望を葵のそこに押し当てた。

罪悪感ではもう自分を抑えきれず、無理やり屹立の先端を捻《ね》じ込んだ。

「うんっ、あ、あ、ぁあ……っ」

勢いよく根元まで押し込んだ瞬間、葵は欲望を爆ぜさせた。自身を震わせ、白濁を自らの腹部に散らす。一度達したあとだからか、溢《あふ》れ出る体液はやや色が薄かった。

葵は呆気なく果てたけれど、徳永を呑み込んだそこはまだ物欲しげにヒクついていた。絡みつく熱い粘膜が気持ちいい。

腰を摑み、大きな抜き差しを繰り返す。抉るように内壁を擦ってやると、気持ちよさそうに甘ったるい声を零した。

「あっ、や、あ、ああ！」

葵がこれまでになく乱れているのは、クスリの影響だろう。噎《む》せ返《かえ》るように匂《にお》い立つ色香に、頭がおかしくなる。

もう歯止めがきかない。犯して、蹂躙《じゅうりん》して、喘《あえ》ぎ泣かせたい。この体を征服して、痕《こん》跡《せき》を残していいのは自分だけだ。

「あっあ、あ、あ、あ――」

徳永は穿《うが》った粘膜の中を欲望のまま思う存分掻《か》き回し、荒々しく突き上げる。待鳥は啜《すす》り泣くように喘ぎながら終わりを迎えた。

「……っ」

徳永も駆け上がるようにして果てた。腰を押さえ込み、最奥に欲望を注ぎ込むと、葵はぶるりと体を震わせた。

胸を上下させて浅い呼吸を繰り返す待鳥はぼんやりとしている。快感の余韻から抜け出せないのかもしれない。

(何をやってるんだ、俺は)

終わりを迎えた徳永のほうは、徐々に頭が冷えてくる。興奮で霞《かす》んでいた罪悪感が再び頭を擡《もた》げてくる。クスリの副作用で苦しんでいる葵につけ込むように抱いてしまった。

「大丈夫か？」

汗で張りついた前髪をかき上げてやると、葵はふっと我に返ったようだった。そして、次の瞬間泣きそうな顔で謝ってきた。

「……ごめんなさい」

「何を謝ってる？」

「罰《ばち》が当たったんです。お二人を見ていて、一瞬任務を忘れてしまいました」

「どういうことだ？」

葵の話が見えずに困惑する。

「お二人がお似合いで、佐波さんが縒《よ》りを戻すかもって云ってました。自分の感情にとらわれて油断するなんて最低です」

「……つまり、あいつに嫉妬《しっと》したってことか？」

これは告白だ。しかも、相当に熱烈な。

「すみません、俺にそんな権利なんてないのに」

葵はそう云って両腕で自分の顔を覆う。まだクスリの効果が持続しているようだ。そうでなければ、こんなことを葵が吐露するはずがない。

「バカだな、あいつとはもう何もない。今日は都合がいいから一緒に来てもらっただけだ」

「でも――」

待鳥の腕を優しく開かせ、云い聞かせる。

「いいから聞け。俺にとってのバディはお前だけだ。キスしたいって思うのも、抱きたいって思うのもお前だけだ、葵」

「本当に……?」

「初めて会ったときから、お前に惹《ひ》かれてる」

「徳永さん――」

これ以上、言葉はいらない。ぶつかるように口づけ、唇を貪《むさぼ》り合う。キツく抱き合い、お互いに溺《おぼ》れていった。

「……何をやってるんだ、俺は……」

葵が疲れ果てて眠っているベッドの縁に座った徳永は、組んだ手に額をのせた状態でため息をついた。

（俺は海千山千のベテランじゃなかったのか⁉）

初恋は就学前、初めての彼女は小学生、初体験は中学生。流した浮き名は数えきれず、どんなに難攻不落な相手も落とし、狙《ねら》った情報は確実に入手してきた。

これまで、あんなふうに自制心がはたらかなかったことはない。だけど、葵を前にすると、自分が自分でいられなくなる。

好ましく思っている相手からあれだけ熱烈に迫られて、冷静に拒める男がこの世にどれだけいるだろう。

「――何を考えてるんですか、あなたは」

冷ややかな声に顔を上げると、医師の神志那が到着していた。部屋の鍵は暗証番号式になっている。北條から番号を聞いたのだろう。

「いや、これには深い事情が」

「云い訳は結構です」

刺々《とげとげ》しい言葉が罪悪感をちくちくと刺してくる。彼が来る前に葵の身支度は調えておいたけれど、つき合いの長い彼には何があったか見抜かれてしまった。

神志那は個人で診療所を開いている傍ら、【NOIS】に協力する医師の一人だ。捜査中に怪我をしたりして、一般の病院にかかれないときなどに往診をしてくれる。特殊捜査官の他にも、こうした専門の協力者がいる。とくに健康面でのサポートは欠かせない。

摑みどころのない物腰の柔らかな男だが、チタンフレームの眼鏡の奥から切れ長の一重の目にじっと見つめられると、何もかも見透かされてしまいそうな居心地の悪さを感じる。

「診察しますから、そこをどいてください」

「あ、ああ」

邪険に追い払われ、場を譲る。北條が信頼しているから彼を疑ったり怪しんだことはないけれど、個人的には虫が好かないタイプだ。彼からも好意的な空気を感じたことがない。詰まるところ、根本的に相性が悪いのだろう。

神志那は往診カバンから血圧計や聴診器などを取り出し、葵を診察する。しばらくは黙って見守っていたけれど、我慢しきれずに口を開いてしまった。

「待鳥の容態はどうだ?」

「いまは安定しているようです。このまま休ませておけば体調はすぐに回復するでしょう」

「そうか……」

神志那の診断にホッと胸を撫で下ろす。

「あなたとの行為で、だいぶ代謝が早まったようですね。ただし、褒められた行為でなかったことは自覚しておいてください。そもそもこのクスリは時間が経《た》てば自然と代謝するんです」

「仕方ないだろう、あんなふうに迫られて拒める男がいるか⁉」

「徳永さんはトップクラスの特殊捜査官ではありませんでしたっけ？」

「………」

反論の余地もない。神志那は眠り込む待鳥を気遣わしげに見つめる。

「可哀想に、こんなに疲れた顔をして。安定していると云っても、副作用が出ないとは限りません。念のため、中和剤を打っておきます」

神志那はそう云いながら、葵に注射を打つ。

「副作用って何だ」

「あのクスリを使うと記憶障害が起こることは、あなたも知ってるでしょう？　どの程度の影響があるかは未知数です。一回の使用の場合、一晩分の記憶が飛ぶこともあれば、二、三日分のことを思い出せない場合もある。常習者の中には日常生活に支障が出るレベルの者もいます。まだ何が作用するかわからない状況なのに、性交渉をするなんて危険極まりない」

「……反省してる」

「反省するだけなら子供でもできますよ。今回の件は北條さんに報告しますからね」

「わかってる」

北條は自分たちの関係にはすでに勘づいていただろうが、今回はさすがに目に余るかもしれない。バディを解消させられる可能性だってある。だけど、そうなったとしても当然の帰結だろう。

（皮肉だな、最初は俺のほうが拒否してたっていうのに）

葵を前にすると、冷静ではいられない。普段どおりの自分でいられないというのは、捜査官として致命的だ。

「初心《うぶ》な若者をあなたの気まぐれで弄ばないでください」

「弄んだつもりはない。振り回されてるのは俺のほうだ」

苛立《いらだ》ち混じりの徳永の反論に、神志那は眉根を寄せた。

「何を責任転嫁して――もしかして、まさかあなた本気なんですか」

「…………」

ばつの悪さに黙り込む。迂闊《うかつ》な発言をしてしまったことを後悔する。

「恋愛が御法度《ごはっと》なのはわかっていますよね？」

「百も承知だ」

「あなたはもっとスマートに遊べるひとだと思ってました」

「俺もだよ」

こんなにも自分の心がコントロールできないなんて、生まれて初めてのことだ。投げやりに吐露した徳永に、神志那は小さく息を呑んだ。

「本気なら余計にまずい。優秀で生真面目《きまじめ》な彼がそれを知ったらどう思うか……。あなたは彼のことを一体どうしたいんですか？」

「――――」

神志那の質問に答えられなかった。

利己的かつ独善的な願望を云うならば、自分だけのものにしてしまいたい。だけど、それと同時に葵がどこまでも成長し、この手から巣立っていく姿も見たいと思う。矛盾した想いを抱えながらも、葵に会えば欲望に負けてしまう。

「正直に云わせてもらえば、あなたの気持ちはどうだっていい。万が一、彼があなたに本気になってしまったらどうなるかわかってるんですか？　彼が大事なら、将来を考えてあげてください」

すでに取り返しのつかないところまで来てしまっている。

葵は美知佳に嫉妬したと云っていた。クスリによる熱に浮かされた譫言《うわごと》だが、だからこそ本音だとわかる。

白状すれば、最初は割り切った関係の摘まみ食いのつもりがなかったわけではない。据《す》え膳《ぜん》を美味《おい》しくいただいただいただけのつもりだった。

なのに――。

（あれからもう三年か……）

待鳥との出逢《であ》いは、定期訓練でのことだった。年に数回行われるそれは、肉体を鍛えると共に、本来の任務を忘れないようにするためのものだ。

潜入を長く続けていると、捜査官の自分と演技をしている自分のどちらが本物であるかわからなくなってしまったりする。

過ごしている時間が長い場所、相手のほうが大事になっていくのは人として当然のことだ。そんな中でも初心を忘れず情に流されないよう、最低年に一回は専用施設でのトレーニングが義務となっている。

新人研修も兼ねており、ベテランと新人が組み、課せられたノルマをこなしていくのが主な内容なのだが、待鳥が新人として入ってきた年の相手が徳永だったのだ。

直接会う前から、待鳥のことはデータで知っていた。北條が警察学校からスカウトしてきたルーキーとして噂《うわさ》になっていたからだ。

緊張気味に写ったプロフィール写真からも、その容貌《ようぼう》の美しさは伝わってきていたけれど、本人を直《じか》に目にしたときの衝撃を言葉で云い表すのは難しい。

外見の造作だけではなく、内側から匂い立つ清廉さに思わず目を奪われた。もちろん、端整な白皙《はくせき》の容貌も実物の美しさは別物だった。

——待鳥葵と申します！　ご指導のほど、どうぞよろしくお願いします！

キラキラとした眼差《まなざ》しを向けられたあの瞬間に、すとんと恋に落ちていた。

待鳥には線の細い容姿からは想像できないほどの頑固さと芯《しん》の強さと体力があり、毎年新人がギブアップする訓練メニューを易々《やすやす》とクリアしていった。

そのタフさと粘り強さに驚かされたが、それを誇ることなくさらなる高みを目指そうとする向上心にも感心させられたものだ。

【ＮＯＩＳ】にいる以上、純真無垢《むく》ではいられない。人々のために人の汚い部分を暴いていく——こんな日陰の組織には勿体《もったい》ない。

そう思うと同時に、理想と信念に燃える彼のような人間こそが相応《ふさわ》しいのだとも思えた。待鳥なら、どんな目に遭ったとしても折れることはないだろう。

（だからって、俺が抱き潰《つぶ》してどうする……）

もしかしたら、北條は自分のことを試していたのかもしれない。テストされていたのは徳永だったのなら、確実に落第点がついている。

それでも、待鳥を抱いたことを反省はしていても、後悔はしていないのだからどうしようもない。

「とにかく、泥沼に陥る前に適切な距離を取ってください。医師兼カウンセラーの私からのアドバイスです」

「善処するよ。待鳥はいつ目を覚ます？」

「いまは疲れて眠っているだけですから、明日の昼には。よかったですね」

「何がだ？」

「十中八九、彼の今夜の記憶は残らないはずです。起きたときには彼は全部忘れているでしょうから、あなたも忘れてください」

「……っ」

　神志那の何気ない言葉に、ガツンと頭を殴られたようなショックを受けた。

　——全部忘れている。

　目を覚ましたら、待鳥は何もかも覚えていないのだろう。徳永と元妻の様子に嫉妬したことも、熱烈な告白をしたことも。そして、徳永の告白さえも記憶には残らない。二人で共有した狂おしい熱もなかったことになる。

　だけど、あの泣き顔を忘れることなんてできるのだろうか？

7

「……っ」

泥のような眠りから覚醒《かくせい》した葵《あおい》は、不意に込み上げてきた焦燥感のようなものに突き動かされて勢いよく起き上がった。

「ここ、どこだ……？」

見覚えのない室内の様子に思わず呟《つぶや》いたけれど、不思議なくらい声が掠《かす》れていた。風邪でも引いたのだろうか。身に着けているのも見覚えのないパジャマだった。一体いつこの部屋に来て、着替えて眠ったのだろう。

「え、点滴？」

引《ひ》き攣《つ》れるような感覚がした腕に目をやると、管に繋《つな》がった針が刺さっていた。繋がった点滴パックの表示によれば生理食塩水のようだ。

「目を覚ましたようですね」

「神志那《こうじな》先生？」

部屋に入ってきたのは、協力者の一人でもある医師の神志那だった。彼とは以前に一度、顔を合わせたことがある。新人研修の健康診断のときだ。

「顔色はいいようですね。点滴も終わったようなので、外しましょうか」

「あ、はい」

神志那は慣れた手つきで針を抜いて処置をし、点滴を片づける。

「体調はどうですか？　違和感があったりしませんか？」

「とくに問題はありません。体は幾分怠《だる》いですが、普段の寝起きよりも気分はすっきりしています。――あの、俺、何かあったんですか……？」

さっきから思い出そうとしているのだが、目が覚める前の記憶が一切ない。正確にはパーティが行われている大使館に、大沼《おおぬま》の件を伝えに足を踏み入れたところまでは覚えている。だけど、そこからついさっき目を覚ますまでの間のことを何も覚えていなかった。

「そうですね、色々と。自分ではどこまで覚えていますか？」

「外務省の大沼が犯人の一人だと判明して、徳永《とくなが》さんに伝えるために大使館に行ったところまでは。大広間に入ったことは覚えてるんですが、その辺から曖昧《あいまい》で……」

何かあったことはわかるのに、その何かがわからない。まるで、頭の中に濃霧が立ちこめているようだった。

「聞いた話によれば、君は会場で被疑者を見つけて追いかけたそうですよ。そして、仲間が発見したときには倒れていたと。おそらく薬物を打たれたのだろうということで、私が呼ばれました」

「薬物⁉」

神志那の言葉にぎょっとする。そんなことがあったのに自分が何も覚えていないことにぞっとすると同時に、彼が呼ばれた理由もわかった。任務中に薬物を打たれたなどと表《おもて》沙汰《ざた》にできるはずもなく、普通の病院に連れては行けなかったのだろう。

（俺はそんな失態を……）

自分の尻拭《しりぬぐ》いをするために、徳永にも迷惑をかけたのではないだろうか。パーティ会場で騒ぎになっていなければいいのだが。

「そういえば、誰が大使館から俺を連れ出してくれたんですか？」

「……徳永さんのようですよ」

神志那はしばらく黙り込んだあと、そう教えてくれた。

「えっ⁉　会場を抜けて大丈夫だったんですか⁉」

特殊捜査官としてだけでなく、外交官として公子のアテンドをする責任があるはずだ。勝手に持ち場を離れるなんて許されることではない。しかも、本来は表立って接点を持ってはならないバディを助けるためだなんて以《もっ》ての外《ほか》だ。

「さあ、その辺のところは私にはわかりかねます」

「で、ですよね……それで、徳永さんは……？」

「状況説明を求められて、北條《ほうじょう》さんから呼び出されているようですよ」

「責められるとしたら俺のほうです。徳永さんが悪いわけじゃ――」

彼の行動は褒められたことではないが、原因は葵にある。それをわかってもらえたらと説明しようとしたけれど、神志那に手で制される。

「どういう理由で呼ばれているかもわかりませんし、彼がとった行動は彼の責任によるものでしょう。それに私はただの医師ですから、判断する立場にありません。そして、いまのあなたは体を休めることが仕事です。今日一日安静にしていてください」

「……はい」

神志那の言葉は尤《もっと》もだ。判断をするのは、上司であり責任者である北條だ。いまの自分にできることは、一刻も早く体調を回復させて任務に戻ることだ。

「帰る際はそこのクローゼットの中の着替えを使うといいでしょう」

「そういえば、俺のスーツはどこに……」

自分が身に着けていたものがどこにも見当たらない。身に着けているのは、おろしたてと思《おぼ》しきパジャマだ。

「クリーニングに出したようです」

「もしかして、着替えも徳永さんがさせてくれたんですか……？」

すぎる。

記憶がない間に嘔吐《おうと》でもしてしまったのだろうか。被疑者を追いかけている最中に襲われ、薬物を打たれただけでなく、まるで子供のように世話をしてもらったなんて情けなさすぎる。

「あっ、あの、エルネスト公子は無事ですか⁉」

本来なら真っ先に確認すべきことだったと反省する。

「もちろん、無事ですよ。彼の様子なら、テレビを見たほうが早いかもしれませんね」

神志那がリモコンを探し、部屋のテレビをつける。ワイドショーにチャンネルを合わせると、姉妹都市になっている市の小学生と交流する様子が映し出されていた。

容疑者に逃げられ、薬物を打たれるというみっともない失態は演じたけれど、エルネスト公子が無事だったとわかり胸を撫《な》で下ろす。

午後は首相夫妻と歌舞伎《かぶき》を楽しむ予定だとアナウンサーが報じていた。せっかくスケジュールを調整し直したのに、こんなふうに公表されたら犯人たちの思うつぼだ。

「それで、大沼は――」

「いまのところ、見つかっていないそうです」

「俺は取り逃がしたってことですね……」

「そういうことになりますね。ですが現在、あなたが記録を残した端末の解析を進めているとのことですよ」

「端末？」

「あなたが倒れていた部屋の水槽に沈められていたようです。犯人にとって都合の悪いデータが残されていたんじゃないですか？」

「そうかもしれません。全然覚えていませんが……」

全く覚えてはいないが、自分なら何かしら記録を残そうとしただろう。

「データが復元できれば、手がかりが摑《つか》めるかもしれませんしね。ちなみにあなたが打たれた薬物は、いま流行《はや》っている覚醒剤の一つのようです。さほど酷《ひど》い副作用がなくて幸いでした」

「覚醒剤ということは、副作用や離脱症状などもあるんですか？」

葵が打たれたのは、ライネリア大使館周辺で蔓延《まんえん》しているドラッグと同種のものかもしれない。

（――ということは、大沼はドラッグの密輸にも関《かか》わってるということか？）

樋沢《ひざわ》のお陰で公子を狙《ねら》う一味の関係者だということは判明したが、どういう立ち位置かはまだわからない。テロリストの思想に感化されて引き入れられたのかもしれないし、単に金目当てで協力をしているだけかもしれない。

どちらにしろ、一刻も早く本人を逮捕するのが先決だ。

「乱用しない限り、酷い離脱症状は出ないといわれていますが、副作用の一つに記憶の欠如があります。昨夜のことを覚えていないのはそのせいでしょう」

「思い出す方法はないんですか?」

「この薬物に関してはまだわからないことが多いんです。物理的または精神的なショックで一時的に記憶を取り出せない状態にあるなら退行催眠で思い出すことができるかもしれませんが、果たして効果があるかどうか——」

「試してもらうことはできませんか?」

実験台でもいい。抜け落ちた記憶を取り戻す方法があるなら、何だって試してみたい。

「いまのところはやめておいたほうがいいでしょう。強引な治療をして、心身共に悪影響があるかもしれないですから」

「わかりました……」

「私のほうでも方法がないか調べてみます。後日また改めて血液検査をさせてもらうことになりますが、日常生活への影響はほぼないと思われます。週明けから任務に戻ってくれても大丈夫ですよ」

任務に戻れると聞いてほっとする。まだ何の役にも立てていないのに、任務から外れるのは辛《つら》すぎる。

「それじゃあ、私はこれで失礼します。ああ、あなたはまだ横になっていてください」

せめて見送りをと思い、起き上がろうとしたけれど制止される。

「ご足労おかけしました」

「お大事にしてください。そうだ、これを」

「軟膏《なんこう》？」

薬物の治療に使う軟膏なんてものがあったのか。

「どこに塗ればいいんですか？」

「傷が痛むところがあったら塗布してください。必要がなければ使わなくて結構です」

「はあ……」

クスリを打たれて倒れ込んだときにできた擦り傷くらいで、わざわざ傷薬が必要なほどのものではないが、厚意は素直に受け取っておくことにした。

「何かありましたら、すぐに私にご連絡を。それじゃあ、お大事に」

「あ、ありがとうございました」

部屋を出ていく神志那をベッドの上で頭を下げて見送る。

「俺は何を忘れたんだろう……」

一人になった葵は、ぽつりと呟く。任務のことだけでなく、何かとても大事なことを忘れているような、そんな気がしてならなかった。

8

「おはようございます」

月曜日、情報統括部に足を踏み入れた瞬間、すでに出勤していた同僚たちの視線が葵《あおい》に集まった。週末のことはある程度、情報共有されているのだろう。

それぞれの任務に関しては、詳細までは知らせなくとも把握し合うようにしてある。どこかで事件が繋《つな》がっていないとも限らないからだ。

「おはよう、もう出勤していいのか？」

「うん、昨日一日休んだから大丈夫」

「待鳥《まちどり》！　体は平気なのか？」

葵を見つけた佐波《さなみ》が駆け寄ってきた。彼にもずいぶん心配をかけてしまったのだろう。

「このとおりピンピンしてます。ご迷惑をおかけして申し訳ありませんでした」

「元気そうでよかった……。本当に心配したんだからな」

「面目ありません。あの、その後の状況はどうなってますか……？」

性急なのは自覚しているが、現状を確認しておきたかった。

「そうだな。報告するからあっちで話そう」

防音になっている少人数用の会議室に二人で移動する。

「その、クスリを打たれてからの記憶がないんだって？」

「そうなんです。あの夜の記憶があればよかったんですが、役立たずで申し訳ありません」

「気にするなって。それよりお前が無事で本当によかったよ」

佐波は葵を力づけようと、背中を軽く叩《たた》く。

「いいニュースと悪いニュース、どっちから聞きたい？」

まるで海外ドラマの刑事のような物云《ものい》いだ。

「じゃあ、悪いニュースからお願いします」

「引き続き大沼《おおぬま》の行方を探しているが、残念ながらまだ見つかっていない。大使館の建物の裏口のカメラがループさせられていて、あの時間の前後の出入りを確認できなかった」

「何の手がかりもないんですか？　出入りは記録されるはずですよね？」

大使館の間取りや防犯カメラの位置は何度も確認したから覚えている。正面玄関以外は専用のＩＤがなければ入れない仕組みになっていたはずだ。

「入るときはＩＤが必要だが、出るときは確認がないらしい。ドアが開いた記録は残るが、それが誰なのかはわからない」

「そんな……」

「というか、その時間には大使館の敷地《しきち》の外に誰も出ていないんだよ。唯一の出入りは徳《とく》永《なが》さんの呼んだタクシーだけだ。一体、どうやってあの警備の中から逃げたんだか……」

大使館周辺には大勢の警察官が配置されていた。猫の子一匹だって逃がすことはなかっただろう。

「あの、だったらいいニュースは何なんですか？」

「待鳥の端末のデータが一部復元できた」

「本当ですか！」

水没させられていたと聞いていたが、さすが佐波だ。

「現場には待鳥以外に二人の人間がいたことが確認された」

「個人は特定できなかったんですか？」

「音声が粗いんだ。少なくとも男だということはわかった。あと言葉の感じから一人は日本育ちではなさそうだな。もっと鮮明にできないかやってみるよ」

「俺が何か覚えていれば手がかりになったのに。神志那《こうじな》先生に思い出す方法がないか訊《き》いてみたんですが、思わしい返事はもらえませんでした」

昨日から記憶を時系列順に辿《たど》ってみているのだが、どんなに頑張っても大沼を追ってパーティ会場を抜けて廊下に出たところまでしか思い出せなかった。

「思い出せないことは無理に思い出そうとしなくていいよ。その代わり、覚えていることで気になったことはないか？」

「気になったこと――」

「不審な動きをしてる招待客とか、大沼の表情とか何でもいい」

パーティ会場の様子を思い出す。広間に足を踏み入れて真っ先に目に留まったのは、公子と徳永たちの姿だ。公子直属のボディガードや警視庁から派遣されたＳＰたちがつかず離れず側《そば》にいるのを確認し、ひとまず安心した記憶がある。

元妻である美知佳《みちか》と仲睦《なかむつ》まじげにしている徳永に奇妙な感情を抱いた自分に戸惑ったが、これは任務には関係のないことだ。その後、会場内を見回してどこかに行こうとしている大沼を見つけたのだ。

「そういえば、大沼はこちらが追っていることに気づく前に広間から出ていきました」

見るからに逃げ出すといった体《てい》だったが、葵の視線は気にしてはいなかった。あのとき、彼は何から逃れようとしていたのだろう。

「おそらく江嶋《えじま》から連絡が行ったんだろう。あいつの情報をデータベースで検索すると通知が行くようウイルスが仕掛けてあった。腕もいいし、抜かりないやつだよ」

そんなに凄腕《すごうで》なら犯罪ではなく、世のために使ってくれたら平和なのにと思わざるを得ない。

「あとはとくに——」

何か脳裏に引っかかったけれど、その違和感が何なのかまではわからなかった。

「来てたのか、待鳥」

「ボス、おはようございます」

出勤してきた北條《ほうじょう》が会議室に顔を出した。葵を見つけ、様子を見にきたのだろう。

「体調はどうだ？」

「お陰様でもう何ともありません。このたびはご迷惑をおかけして——」

「ああ、そういうのは別にいい。反省しているなら次に生かせ」

「はい、心しておきます」

叱責《しっせき》されたほうがよほど楽になる。

「そうだ、徳永から聞いたか？」

「徳永さん、ですか？」

彼の名前を聞いただけで、鼓動が大きく跳ねた。いつになったら彼がバディであることに慣れるのだろう。

「外務省を通じて公子からランチの誘いがあったらしい」

「ランチですか？」

「何でもパーティで共通の趣味の話で意気投合して盛り上がったから、もっと交流を深めたいとのことだ」

「公子が一介の公務員を誘うことってよくあるんですか？」

「よくはないだろうな。父親同士が懇意にしていたようだから、その気安さもあるんだろう。他に思惑があるのかもしれんが、いまの段階ではこちらには想像することしかできないな」

「そのランチはいつなんですか？」

「今日の昼だ」

「今日？　ずいぶん急な話ですね」

「パーティで話し足りなかったんだそうだ。あいつのサポートを頼んだぞ」

そう云い置いて北條が会議室を出ていった瞬間、微《かす》かに冷涼な香りが鼻腔《びこう》を擽《くすぐ》った。

「あっ！」

「どうしたんだ、待鳥」

いきなり大きな声を上げた葵に佐波が怪訝《けげん》な顔をする。

「一つ思い出したことが……。どこかで甘い香りがしました」

「香り？」

「どのタイミングだったかは思い出せないんですけど、大使館のどこかで花のような香りを嗅《か》いだ気がします」

鼻腔の奥を擽《くすぐ》られる感覚にそんな記憶が蘇《よみがえ》った。

「匂《にお》いは記憶と強く結びつくっていうからな。同じ香りを嗅いだら、思い出すこともあるかもしれないいな」

「なるほど。あとで試してみます」

香水というよりは、何かの花の香りのような印象だった。北條の纏《まと》う香りと違うことはわかる。アロマオイルを嗅ぎ比べれば、他にも思い出せることがあるかもしれない。

「……ところで、待鳥」

佐波はいつになく神妙な顔で切り出してきた。

「何でしょう?」

「徳永さんとのことだけど、何か困ってることはないか?」

「突然どうしたんですか?」

「いや、その、何というか、上手《うま》くやってんのかなってさ」

質問してきたのは佐波のほうだというのに、どうも歯切れが悪い。

「上手く、というのがどういう定義かにもよりますが、俺が迷惑をかけてばかりなので、困っているとしたら徳永さんのほうだと思います」

どうして、北條も佐波も似たようなことを訊いてくるのだろう。神志那だって何か云いたげな様子だった。

（そんなに俺は頼りないんだろうか……）

徳永は【ＮＯＩＳ】《ノイズ》のエースで、葵は駆け出しの新人だ。バディを組むには経験が釣り合っていないことは自覚している。

「北條さんに云いにくいことがあったら、俺に相談しろよ。どんな些細《ささい》なことでもいいから」

「は、はい」

真剣な顔で強く念を押され、流されるように頷《うなず》いた。

9

『待鳥《まちどり》です。音声はどうですか?』

「よく聞こえる。そっちはどうだ」

『こちらも明瞭《めいりょう》です』

カフスボタンに偽装したマイク越しの音声はクリアだ。無線の小型イヤホンは耳の奥に入れ込むタイプで、外からは見えないようになっている。

徳永《とくなが》が呼び出されたのは、六本木にあるラグジュアリーホテルの一室だ。一室といっても、三百平方メートル以上のスイートだ。

公子からのランチの誘いは、非公式の申し出ではあったが外務省を通して届けられた。彼の気まぐれに大臣以下関係者は軽いパニックに陥ったものの、ありがたく受けておけとの命が下った。パーティを中座した詫《わ》びをしっかり入れてくるようにと上司に強く云い含められてもいる。

『公子は本当に趣味の話がしたいんでしょうか……』

「どうだろうな。正直、パーティで特段盛り上がった記憶はない。お互いにそつのない会話をしていただけだ」

坂本《さかもと》から葵《あおい》の伝言を受け取り、大沼《おおぬま》を探すためにトイレへ行くふりをしてその場を抜け出した。むしろ、挨拶《あいさつ》もなく帰ったことに対して無礼に思われていてもおかしくはない。

「わざわざ苦情を云うために呼び出すとも思えないしな」

『あの、先日は大変ご迷惑を……』

「バディなんだ。持ちつ持たれつだろ。そろそろ着く」

謝罪を口にしようとする葵を制する。記録の残る通信で下手《へた》なことは云いたくない。

目を覚ました葵は、予想どおりあの夜の記憶をなくしていた。クスリを打たれたことも、徳永に抱かれたことも覚えていないようだ。

神志那《こうじな》の苦言が耳にこびりついたまま、忘れることができない。

――彼が大事なら、将来を考えてあげてください。

エレベーターをホテルの最上階で降りると、客室へと続くガラス張りのオートロックのドアの前と左右に警視庁から派遣されたSPが一人ずつ立っていた。

「外務省の徳永さんですね。身体検査をさせていただきます。決まりですので」

「わかってます」

両手を広げて身を任せる。腕や脇《わき》の下、足の外側と内側もくまなく触れられる。規則だから仕方がないが、無遠慮に体中弄《いじ》られるのは気持ちのいいことではない。

「靴を脱いでもらえますか?」

「はい、どうぞ」

プレーントゥの革靴を脱ぐと、彼らは丁寧に中敷きを外して検分する。満足したのか、徳永の足下に靴を揃《そろ》えて置いた。

「ご案内します」

金属探知機の検査がなくてほっとした。わざわざイヤホンやカフスを外すのは面倒だ。SPによって公子の滞在しているスイートに先導され、入り口前の公子直属のがたいのいいボディガードに取り次がれる。

ここではボディチェックは行われなかった。一応は公子の〝客〟であるし、日本のSPないしは徳永を信用しているということだろう。

「徳永様がいらっしゃいました」

ボディガードが無線でそう告げると、内側からドアが開けられた。

「お待ちしておりました、徳永様」

まず出迎えてくれたのは、黒髪の側近だった。

常に公子の側《そば》に控えている秘書のような存在だ。声を聞くのはこれが初めてだが、ほとんどネイティブとも云っていい綺麗《きれい》な日本語を話す。

ドアを開けてもらった瞬間、ふわりと爽《さわ》やかな香りが漂った。

「いい香りですね」

「異国の地で公子の緊張が少しでも解《ほぐ》れるよう、アロマを焚《た》いているんです」

細やかな配慮に感心する。

「改めてご挨拶をさせていただいてもいいでしょうか？」

名刺を取り出そうとすると、それをさりげなく手で制止された。

「私は使用人ですので、そういったものは結構です。こちらへどうぞ」

「では、失礼します」

スイートルームのリビングにあたる部屋で公子は徳永を待ちわびていた。

「やあ、一臣《かずおみ》。よく来てくれたな！　君とはもっと話がしたいと思っていたんだよ」

「このたびはお招きありがとうございます、殿下」

今日も眩《まばゆ》いほどのオーラを放っている。

「そんな他人行儀はやめてくれ。エルネストでいいと云っただろう？」

「では、エルネスト様と呼ばせていただきます」

「呼び捨てにしてもらいたいところだが、まあいいだろう。さあ、そこにかけてくれ」

「では、失礼します」

公子に促され、ソファに腰を下ろす。

「今日はライネリア出身のシェフに来てもらったんだ。よかったら我が国の自慢の料理を味わってほしい」

「それは楽しみです」

備えつけのキッチンでランチの支度をしてくれているようだ。隣の部屋にいるシェフを除けば、公子と側近の彼以外はこの部屋にはいないようだ。国から連れてきたボディガードも部屋の外だけだ。暗殺計画を立てられているとは思えない身軽さだ。

「ランチの用意ができるまで、お茶をどうかな？　スヴェンの淹《い》れるお茶は美味《うま》いぞ」

「では、お言葉に甘えて」

「彼はスヴェン。私の個人的な側近で秘書のようなことをしてもらっている」

公子に紹介され、脇に控えていた黒髪の青年が静かに頭を下げる。

『スヴェン・イルマ、二十七歳。公子の支援する孤児院の出身で、以前は軍に所属していました。数ヵ国語を操るマルチリンガルで、任務でボディガードについていたときに公子に引き抜かれて側近になったそうです』

すぐに葵が調べた情報を教えてくれる。彼のあの逞《たくま》しい体つきは軍人上がりだったからかと納得する。しかし、どうして前もっての調査で彼の情報が引っかからなかったのだろう。

『公子が個人的に雇用しているようで、提出してもらった来日スタッフのリストに載って

いませんでした。どうやら、どこに行くにも連れていくほどのお気に入りのようです』

葵も徳永と同じ疑問を持ったのだろう。的確な補足をしてくれる。

「徳永様、アレルギーなどはございませんか？」

「特には。好き嫌いもありません」

「それは凄《すご》いな。僕はどうしてもキノコ類がダメでね」

「アレルギーですか？」

「いや、味が嫌いなだけ」

スヴェンは湯を沸かし、茶葉を入れたティーポットに注ぎ入れる。

それぞれの前に置かれたカップにゆっくりと蒸らした紅茶を注がれると、ふわりと芳《ほう》醇《じゅん》な香りが漂ってきた。

「……美味《おい》しい。いい茶葉ですね」

「どこに行くときも、この紅茶だけは持参するんだ。これを飲むと、どんな場所でもリラックスできるからね」

「わかる気がします。とても落ち着く香りですね」

「だろう？」

「私は専《もっぱ》らコーヒーばかりですが、紅茶もいいですね」

「よかったら、土産《みやげ》に茶葉を持って帰るといい。多めに持ってきているんだ」

「ありがとうございます」

和やかな空気ではあるが、上辺のやりとりをしている感が否めない。徳永は思い切ってこちらから打って出ることにした。

「失礼ですが、エルネスト様は世間話をするために私を招いてくださったわけではないですよね？」

『徳永さん……!?』

ストレートに切り込むと、無線で繫《つな》がった葵が驚きの声を上げた。徳永が自分の素性をバラすのではないかと危惧《きぐ》したのだろう。

もちろん、特殊捜査官として潜入していることを告白するつもりはない。だが、公子にはある程度こちらの手を開示すべきだと思ったのだ。

「そうだな、時間も限られていることだし本題に入ろうか。私の来日の目的は知っているだろう？」

公子も一瞬目を丸くしたが、すぐに話に乗ってきた。

「日本との親睦《しんぼく》及び組織テロ犯罪撲滅や貧困層対策への支援を求めてのことだとお聞きしております」

「表向きはね。今回、君に来てもらったのは協力してほしいことがあるからなんだ」

「協力、ですか」

「我が国に古くから抱えている問題があるのは知ってのとおりだ。大小さまざまな問題を起こしてくれているテロリストたちが何で活動資金を増やしているか知ってる？」

「違法薬物や覚醒剤《かくせいざい》が主な収入源だと聞いています」

「そのとおり。申し訳ないことにその大きな輸出先の一つが日本なんだ。しかも大使館ルートで密輸されてるっていう話を耳にしてね。これは由々しき問題だ」

「では、殿下――」

「そう、黒幕を炙《あぶ》り出すために来たんだ」

「……殿下自らやるべきことではないでしょう」

「スヴェンにもよく云われる。だけど、見過ごせないんだよ。以前から、大使館の職員の誰かだということはわかっていたんだが、なかなか特定ができず困っていたんだ。今回、君たちのほうで共犯者を特定してくれて助かったよ」

「⁉」

葵が襲われた現場は元どおり片づけてきたし、大沼のことは警察関係者の一部にしか伝えていない。

「何で知ってるんだって顔だね。こう見えて耳は早いほうなんだ。その後、彼の行方はどうなってる？」

「――鋭意、捜索しています」

「そうか、生きて見つかるといいんだが……」

「！」

公子の云うように、大沼が生きて見つかる保証はない。彼が犯人グループの一味だとしても、日本の外交官が主犯格だとは考えにくい。

だが、彼が遺体で見つかったとしたら、騒ぎは一層大きくなる。それは真犯人にとっても望むところではないはずだ。

「僕としても身内に裏切り者がいるだなんて信じたくはないんだけど、これまでの状況から疑う余地がなくてね。せめて、この手で始末をつけたいんだ」

「もしかして、殿下の暗殺計画は――」

「おそらく私の内偵への反発だろうね。国で殺すと面倒なことになるから、出かけている間に始末しようということなんだろう」

「そうとわかっていて、どうしていらしたりしたんですか⁉」

公子の無謀さに思わず声を荒らげてしまった。

「黒幕を誘《おび》き寄せる絶好の機会じゃないか。こんな好機逃せるわけがないだろう」

胸を張って答える公子に隣に控えたスヴェンもため息をついている。

「黒幕を見つけて、内々に連れて帰りたい。裁きは国で……いや、この手で行いたいんだ」

日本で逮捕されれば、日本の司法で裁かれることになる。引き渡し条約も結んでいるが、事件の内容によっては難しいかもしれない。

「つまり、捜査を公にしたくないということですね」

大捕物が行われれば、極秘に運ぶことも難しくなる。

「そうだ。もちろんこちらからも情報を提供する。私にできることがあったら何なりと云ってくれ」

強引なのに嫌みなところがないのは、生まれもった性格だろう。彼のために何かしたいという気持ちにさせられる。

「——わかりました。日本の警察は優秀ですから、お任せください」

「必要なものがあったらこのスヴェンに連絡をしてくれ」

「しかし、どうして私だったんですか？　もっと上の人間に話をしたほうがスムーズだったのでは？」

「信用できると感じたからかな。君、ただの外交官じゃないんだろ？」

「え？」

イタズラっぽく笑う公子の真意がわからない。

（まさか、な……）

徳永が特殊捜査官であることを隠して外交官をしていることに気づかれるはずはない。

「……まあ、祖父のお陰でさまざまな伝手《つて》はありますね」

「君のお祖父様には幼い頃にお会いしたよ。帰る前に挨拶できるといいんだが」

「祖父に伝えておきます」

それ以上の追及はなく、ひとまず胸を撫《な》で下ろしたけれど、公子の言葉の真意は気にかかった。探りを入れるべきか迷っていると、スヴェンが公子に耳打ちをする。

「ランチの準備が整ったようだ。向こうに行こう」

「実はそろそろ空腹でお腹《なか》が鳴りそうだったんですよ」

「私もだ。本当に絶品だから楽しみにしていてくれ」

「ええ、それはもう――」

「一臣、色々とよろしく頼むよ」

「！」

ソファから立ち上がると公子に手を取られ、力強く握られる。手の中に何か硬いものが当たったけれど、表情には出さずさりげなくそれをポケットに滑り込ませた。

10

「今日のスケジュールはどうなってる？」

「……っ、ボス、驚かせないでください」

モニターに映し出されるデータに集中していた葵《あおい》は、背後に北條《ほうじょう》が立っていることに声をかけられるまで気づかなかった。

動揺をごまかそうとわざとらしい咳払《せきばら》いをし、公子のスケジュールを表示させる。

「文化交流をしている市の中学校を視察したのち、慈善団体の代表と会合、夜は大使館主催のチャリティーコンサートに足を運ぶことになっています」

「相変わらず公子は精力的だな」

コンサートは野外音楽堂で行われることになっている。公子たっての希望でオープンな場所が会場に選ばれたのだ。警備の難しい場所だからと、警護課は最後まで会場の変更を要請していたが聞き入れられることはなかった。

音楽堂だけでなくその周辺は隅々まで捜索をして爆発物がないことを確認してあるが、

不安が拭《ぬぐ》いきれないことは事実だった。

（自分が囮《おとり》になるつもりだったからだろうな……）

来日の理由を聞いたいまなら理解できる。その心意気は天晴《あっぱ》れだが、日本としては迷惑極まりない。公子が本当に危害を加えられることになった場合、警備の行き届かなかった日本の責任が問われることになってしまう。

「公子にもらったデータの分析は終わったか？」

「はい、一応は……」

スヴェンを通じて、これまで入手できなかった情報を得ることができた。公子には警視庁内の少人数のチームが対応すると伝えてある。警視庁内にスパイが潜り込んでいるとは考えたくないが、先日の外務省のウイルス騒ぎや公子の耳の早さを考えたら警戒しすぎるくらいでいい。

入手したデータと照らし合わせることによって怪しい人物を何人か見つけたけれど、黒幕といえる人物はその中にはいないようだった。

「一応？」

「疑わしい人物はいたんですけど、怪しすぎるというか」

まるでミステリー小説でミスリードされているような印象だった。

「お前の勘は当てになるからな。引き続き頼む」

「はい」

大使館での失態以降、定時連絡のときさえ徳永《とくなが》はどこかよそよそしい。分析官が現場にのこのこ出向いて犯人の手に落ちかけたのだ。見限られてもおかしくない。

もしかしたら、葵の記憶にない空白の時間にさらなる過誤を犯してしまった可能性もある。

(だから、神志那《こうじな》先生は思い出さないほうがいいって云ってたのかもな……)

徳永には謝罪を伝えるタイミングもなかった。しかし、謝ったからといって失態がなかったことになるわけではない。汚点を雪《すす》ぐには任務において成果を出さなくては。

「大変です！　これを見てください！」

突然、声を上げた同僚によってモニターに映し出されたのは、民放キー局の臨時ニュースだった。先刻送られてきたというテロの予告声明文がアナウンサーによって読み上げられる。

『〝コンサート会場に爆発物をしかけた。これは、我々の仲間に対する弾圧の代償だ――〟』

ライネリアで活動しているテロリスト集団の名前が添えられていたが、このメッセージを送ってきたアドレスは大沼《おおぬま》のものだということだ。

『このオオヌマタカシという人物は外務省の職員という情報もあり、事実関係を問い合わせております』

テロの声明文は各マスコミに送りつけられたようで、どの局でも同じように報道されていた。センセーショナルに取り上げられ、キャスターは沈痛な表情を顔に張りつかせながらも高揚感を隠し切れていなかった。

「どうして、こっちに連絡が来なかったんだ！」

珍しく佐波《さなみ》が声を荒らげる。

「独占スクープにしたかったんだろう」

北條はやれやれと云わんばかりに肩を竦《すく》める。

「こんなふうに報じたらパニックになるだけなのに……」

現場にいる市民は避難させる必要がある。だが、無闇《むやみ》に公表すればたちの悪い野次馬も集まってきてしまう。

「犯人もマスコミもそれが目的だからな」

「公子には予定をキャンセルしてもらおう。いまはホテルに戻っているところか。ちょうどいい、そのまま待機してもらってくれ」

「わかりました」

徳永に連絡しようとインカムを装着する。通信をオンにしようとして、ふと疑問に思う。

（――どうしてわざわざ犯行を予告したんだ？）

公子に危害を加えることが目的なら、どこで犯行が行われるか知られないほうがいい。事前にマスコミに知らせるなんて、まるで大騒ぎをしてほしいかのようだ。

「あの！」

席を立とうとしていた北條を呼び止める。

「どうした、待鳥《まちどり》」

「ちょっと気になることが……」

『徳永さん、完了しました』

「わかった」

葵からの連絡を受け、ホテルの駐車場に停《と》まったままの車の中にいる公子たちの元へと戻る。

「殿下、やはり一旦《いったん》部屋に戻ったほうがよさそうです。会場にいるスタッフ、観客は避難させているとのことです」

テロの予告状がマスコミを通じて流されたのは、コンサート会場へ移動するための車に乗り込んだタイミングだった。

「あんなのはただの脅しだ。爆弾なんてはったりに決まっている」

「そうかもしれませんが、殿下の身に何かあっては困ります」

ついさっき部屋を出てきたばかりだが、こんな状況でノコノコと出歩くわけにはいかない。テロに屈しないといっても、無防備に出歩くのは愚かな行為だ。

公子やスヴェンと共にボディガードたちに囲まれながら、最上階のスイートへと戻る。

「まったく、迷惑極まりない。せっかくのコンサートを何だと思ってるんだ」

「現在、総出で会場のダブルチェックをしているところです。ただ、今日の公演は念のため、中止にすべきかと……」

「それだけは避けたかったが、やむを得ないか」

公子はコンサートを心から楽しみにしていたようだ。

「明日のインタビューを今日に前倒ししてもらうのはどうでしょう？　相手側《がわ》の都合にもよりますが、ホテルの中にいる限りは安全かと」

「そうだな。調整を頼めるか？」

「わかりました」

外務省の同僚に連絡し、手配を頼む。

ボディガードによるチェックのあと、スヴェン、公子、徳永の順に部屋に入る。

「ん？」

公子の部屋に入った途端、耳の中に押し込んである通信端末から音が聞こえなくなった。

「——待鳥?」

小声で呼びかけてみるけれど、応答しない。

電波が遮断されたようだ。爆発物の捜索をする際、遠隔からの操作ができないよう対策することもあるが、ホテル内のチェックはとっくに終わっているはずだ。

スマホを確認してみるが、こちらも圏外になってしまっている。しかしいま行動を起こすことは得策とは云えない。この部屋で待機し、通信が復帰するのを待つのが最善だろう。

「なあ、一臣《かずおみ》。犯行予告は大沼という男から送られてきたんだろう? つまり、あの男が実行犯ということか?」

「それはまだわかりません」

「居所はわからないのか?」

「ある程度は絞り込んでいますが、特定には至っていないようです」

個人のスマホからメールを送ってはきているが、それ以降電源が切られているようで発信場所は曖昧《あいまい》だ。付近の聞き込みを強化しているが、大沼の目撃情報が一切出てこないらしい。

「私を狙《ねら》うなら、正々堂々正面からかかってくればいいものを」

「そういう軽はずみなことを云うのはやめてください」

要人の無茶に右往左往するのは周囲の人間だ。

「殿下、お茶でも飲んで気持ちを落ち着けませんか？」

苛立《いらだ》ちを隠せない様子の公子に提案する。イレギュラーな出来事で浮き足立っているときは、日常と同じ行動を取るといい。

「そうだな、スヴェン。頼めるか？」

「かしこまりました」

公子が指示すると、てきぱきとお茶の支度を始める。

「どうだ、お前も一緒に飲まないか？　どうせ今日はこのまま待機することになるだろうからな」

「いえ、私は……」

「そう堅苦しいことを云うな。ほら、一臣も。二人とも座れ」

「ですが」

「スヴェン」

公子が云い出したら聞かないということは周知の事実だ。諦《あきら》めたスヴェンは公子、徳永の順にティーカップをサーブしたあと、カップを一つ追加し、蒸らした紅茶を注ぎ入れる。

「……では」

　失礼しますと頭を下げてから徳永の横に座った。

「うん、今日も美味《うま》いな」

「本当に」

「飲まないのか？」

「いただきます」

「そういえば、スヴェンは確か甘党だったな」

　公子が角砂糖を二つスヴェンのカップに落とす。主《あるじ》の手ずからの給仕に恐縮している様子だ。

「恐れ入ります」

「もう一ついるか？」

「いえ、もう充分です」

　さらに角砂糖を追加されそうになったスヴェンはカップに手を添え、急いでスプーンでかき混ぜる。

「……いただきます」

　スヴェンも遠慮がちにカップに口をつけた。

「しかし、大沼というやつはどうしてわざわざ予告メールなんかを出したんだ？　知らせず犯行に及んだほうが成功率は高いだろうに」

「エルネスト様、その発言はいかがなものかと」

「だって、そうだろう？　本当に私の命を狙う気があるのか？」

「愉快犯ということですか？」

「脅しなのかもしれないな。危険な目に遭いたくなければ、これ以上調べようとするなと云いたいんだろう」

「そうだとしたら、大沼のリスクが大きすぎませんか？　密輸の件が闇《やみ》に葬れたとしても、脅迫罪か威力業務妨害で捕まります」

公子と徳永が言葉を交わす間、スヴェンは黙って紅茶を啜《すす》っている。

「確かに不可解だな……スヴェン、もう一杯もらえるか？」

「かしこまりました」

スヴェンはティーコジーで保温してあったポットから二杯目を注ぎ入れる。

「ありがとう」

再びカップを持ち上げようとした公子は不意に大きな欠伸《あくび》をした。

「何だ？　急に眠くなってきたな……」

ガチャンと乱暴な音を立てながら、カップをソーサーに戻す。

「疲れが溜《た》まってるんじゃないですか？」

「このくらいのスケジュール、忙しいうちには入らないんだが」

公子が重たい瞼《まぶた》をどうにか持ち上げようとしているのがわかる。

「エルネスト様、大丈夫ですか？」

スヴェンも心配そうに声をかける。

「あ、ああ……おかしいな、昨日は早めに就寝した…んだが……」

公子は意識をはっきりさせるように頭を振る。だが、ソファの背にもたれかかり、ずるずると崩れるようにして意識を失ってしまった。

「エルネスト様……！　しっかりして…ください……」

公子の様子を窺《うかが》おうと立ち上がった徳永もバランスを崩し片膝《かたひざ》をつく。

「何だ？　俺も気分が……」

意識をはっきりさせようと、頭を横に振る。

「やっと効いてきたか」

徳永たちの様子を眺めながら、スヴェンは涼しい顔をしている。ソファから立ち上がろうともせず、優雅に紅茶を啜っている。

「お前……まさか……」

「ようやく気づいたか？」

スヴェンはこちらを見下ろし、必死に意識を保とうとしている徳永を嘲笑《あざわら》う。

公子のほうに目を向け確認する。胸を上下させて寝息を立てている様子を見てほっとする。盛られたのは毒ではなく睡眠薬の類《たぐ》いのようだ。

「意外と耐性があるんだな。だが、すぐに気持ちよく眠れる」

「何を飲ませた？」

「ただの睡眠薬だから安心しろ。あれを使って発情されても迷惑だからな」

睨《ね》めつける徳永に、スヴェンは乾いた笑いを浮かべる。さっきまでの慇懃《いんぎん》な態度は少しも残っていなかった。

「お前が黒幕か……」

「そのとおりだよ」

「反政府グループの幹部なのか？」

「まさか！　あんな子供の遊びみたいな真似《まね》、興味があるわけないだろう」

「接点がなければ、密輸に関《かか》われるはずがない」

「俺は直接関わってない。だが、俺を捨てた父親が幹部でね。軍に入ったのを知って近づいてきたんだ」

「なるほど、それで密輸ルートの一つを任されたのか」

「ちょうど公子の付き人に引き抜かれたことだし、手広く商売をさせてやったよ。そうしたら、幹部に迎え入れたいとさ。物心つく前の俺を孤児院の前に捨てて顔を見にさえ来なかったくせに。薬物の密輸がテロリストの資金源だと思ってたようだが、あんなやつらに金を流すわけないだろう？」

仲間に引き入れようとしてきた父親の裏を掻《か》き、密輸ルートを乗っ取ったのだろう。そして、公子暗殺の濡《ぬ》れ衣《ぎぬ》を着せて関係を絶つつもりだったようだ。

「公子には世話になっただろう。どうして陥れようなんて……」

「こいつみたいな苦労せずに育った甘ったれは目に入るだけで腹が立つんだよ」

孤児院育ちだというスヴェンには人知れない苦労があっただろうが、いまの言葉はただの八つ当たりだ。公子が苦労していないなどと、誰が云えるだろう。

「お前もそろそろ喋《しゃべ》れなくなってきたか？　バカなやつらだ、疑いもせずに人の淹《い》れた茶を飲むなんて。可哀想《かわいそう》だがお前は道連れだ」

「薬を盛るチャンスがあるなら、毒を盛ればいいだろ」

「アリバイを証明しないとならないし、真犯人にも来てもらわないといけないからな」

「真犯人……？」

スヴェンは徳永たちを残して隣の部屋に消えたかと思うと、大きなスーツケースを引《ひ》き摺《ず》って持ってきた。

「こいつを引き込むのは簡単だったよ」

ロックが外され、蓋《ふた》が開く。中から転がり出てきたのは、意識のない大沼だった。

「大沼⁉」

「大丈夫、生きてるよ」

どこを探しても見つからないと思ったら、監禁されていたとは。

「こいつを協力者に引き込むのは簡単だった。どこの国の人間も金には弱いからな。便利な伝手《つて》も持ってるし、ずいぶん役に立ってくれた」

「そのわりに酷《ひど》い扱いだな」

「仕方ない。これから大役を務めてもらう準備だからな」

「べらべらと喋って、誰かに聞かれてたらどうするんだ？」

「盗聴対策をしてないとでも思ってるのか？　耳に突っ込んであるそれが使い物にならないことにはとっくに気づいてるくせに」

通信を妨害していたのは、スヴェンの仕業だったようだ。

「――お前のほうはどうなんだ？　気づいているか？」

「何のこと――……っ⁉」

スヴェンはガクリと膝をついた。自分の体の状態に動揺している様子が見受けられた。必死に頭を振って、意識を保とうとしている。

「やっと効いてきたか。体が大きいと時間がかかるな」

「どういうことだ……？」

「君も意外と警戒心が薄いな。よく眠れる薬を処方しておいた」

薬を盛ったのは、自分だけではないとわかったようだ。

「この……ッ」

摑《つか》みかかってきたスヴェンをすっと避け、足を引っかけて床に倒す。上質の絨毯《じゅうたん》の上では倒れ込んだところでほとんどダメージはなかっただろうが、そのまま起き上がれないようだった。

「自分には薬を仕込んでいないカップを選んで紅茶を淹れたつもりだろうが、確認はもっとしっかりやっておかないとな」

「角砂糖に仕込んでおいたんだよ、スヴェン」

「エルネスト様!?」

ソファに沈み込むようにして意識を失っていたはずの公子の言葉に、スヴェンは驚愕《きょうがく》していた。公子は皺《しわ》の寄ったスーツを手で整えながら、自画自賛する。

「眠り込んでるとでも思ったか？　私の演技もまずまずだっただろう」

「迫真の演技でお見事でした」

正直なところ少しわざとらしさを感じたけれど、自分がハメられる側であると気づいていないスヴェンには見抜くことはできなかったのだろう。

「それはお互い様だろう。カップは全て入れかえておいた」

「くそ、ハメたのか⁉」

「通信は監視してたのにどうやって――」

「この間、ランチに招待してもらったときにアプローチされたんだ」

握手したときに握らされたのは、公子の手書きのメモだった。手洗いを借りて確認した
それには、〝内密に連絡を取りたい〟と書かれていた。そのため、帰る前に自分のプライ
ベートで使っているスマートフォンを公子のポケットに滑り込ませておいたのだ。

連絡先を知らせたところで、公子のほうを監視されていれば意味がないが、存在を認識
されていない端末なら心配はない。

「カップはどうやって……」

「部屋を出てから、戻るまでの間にね。公子自ら監視カメラを仕込んでくれたお陰で君の
行動は筒抜けだったから」

「……！」

常に警戒を怠らなかったスヴェンだったが、ホテルの公子の部屋では気が緩んでいた。

盗撮や盗聴も初日には確認したのだろうが、その後は安心しきっていたのだろう。

「君の告白は録音できていないかもしれないが、私がこの耳で聞いているから問題ない」

「残念だよ、スヴェン。信じていたのに」

「信じてたら、こんな真似、するわけ……」

「ああ、だから過去形なんだよ。できるなら、一生信じていたかったけどね」

「エル…ネスト…さま……」

やがて、スヴェンは完全に意識を失ったようだった。

「──予想が外れてくれたらよかったんだけどな」

「そうですね」

もの悲しさに浸りたい気分もあったけれど、ぼんやりしている余裕はない。念のため、結束バンドで手足を拘束しておく。特殊捜査官の徳永には手錠の支給はないからだ。

「用意がいいな」

「嗜《たしな》みです」

次に転がっている大沼の様子を確認する。

「彼の様子はどうだ？」

「眠らされているだけでしょう。やや衰弱しているようですが、命に別状はないと思われます」

「それはよかった。しかし、隣の部屋に彼を監禁していたとはな」

「まさに灯台下暗しですね。いくら探しても見つからないはずです。大使館からは逃げていなかったんですから」

スヴェンは大沼にも薬物を打ち、意識を失わせてこのスーツケースに押し込んで騒ぎが収まるのを隠れて待っていたのだろう。そして、頃合いを見計らい、車にスーツケースを積んで易々《やすやす》と抜け出したに違いない。

「我々を眠らせたあと殺害し、大沼にその罪を全《すべ》て着せるつもりだったんでしょう。彼の出入りの謎《なぞ》は残りますが、現場に〝犯人〟がいれば疑う余地はないですからね。自殺に見せかけて彼のことも始末する気だったのでしょう」

スヴェンの体を探ると、拳銃《けんじゅう》とそれにつけるサイレンサー、アンテナのついた小型の機械が出てきた。たぶん、これが通信を妨害する電波を発する装置なのだろう。

「協力に感謝する。スヴェンの身柄は約束どおりこちらで引き取らせてもらって構わないか？」

「もちろんです」

【ＮＯＩＳ《ノイズ》】の使命は事件を未然に防ぐこと。結果的にテロも暗殺も起こらなかった。最初から何もなかったことにできるなら、それに越したことはない。

公子は廊下にいたボディガードを呼び、意識のないスヴェンを運び出させた。

「先に国へ送り返しておく。騒ぎに巻き込んでしまって申し訳なかった」

どう移送するかは聞かされていないけれど、眠らせたまま体調不良と偽って飛行機に乗せてしまうのが一番穏便だろうか。

「それにしても、素晴らしい手際だったね。君も、君のチームも。あのスヴェンに気づかれずに見事だったよ」

「仕事ですから」

「君、やっぱりただの外交官じゃなかったね」

「さあ、どうでしょう」

「今回、協力してくれたのは警察の通常の部署ではないんだろう？」

「ご想像にお任せします。それから、今回の件は――」

「わかってる。内密に、だろう？」

公子は徳永にウインクしてみせる。

「よろしくお願いします。大沼の身柄はこちらで引き取らせてもらいますので」

「彼の扱いはどうなるのかな」

「真犯人が見つからない以上、愉快犯として送検するのが妥当なところでしょうか。彼には薬物の密輸の容疑もありますから、そのへんは話し合いでしょうね」

彼の名前は大々的に世に出てしまっている。仕事のストレスから大それたメールを送ってしまったといったあたりが落としどころではないだろうか。

「日本は司法取引をしないいんじゃなかったかな」

「しばらく前に導入されたんですよ。ですが、今回の件は別の扱いになると思います」

政治絡みの判断をしなければならない場合、手心が加えられることがある。だが、権力があるからといって完全に罪から逃れられることはない。何事もバランスだ。

スヴェンの誘惑があったとはいえ、クスリの密売に手を染めたのだ。自分の立場を悪事に利用したことも含め、許されることではない。

「ところで、一臣。プライベートな質問をしてもいいかな？」

「答えられる範囲であれば何なりと」

「いま、恋人はいる？」

想定外の問いかけに、思わず固まってしまった。

「――それはどういう意図の質問でしょうか？」

「この間、一緒にパーティに来ていたのは別れた妻なんだろう？　彼女とまだ続いているということかな」

「彼女はいい友人です。親友のような存在ですよ」

「親友！　最高のパートナーじゃないか」

「まあ、そうですね」

「けど、正式な交際をしているわけではないということか」

「そういうことになりますね」

「君は腕が立つようだし、専属のボディガードにならないか？　もしくは恋人でも構わないよ」

公子に告げられた言葉に、徳永は目を丸くした。

「……口説いてるんですか？」

「それ以外、どう聞こえる？」

「ずいぶん魅力的なお誘いですが――お断りさせてください」

考えるまでもない。自分には日本での生活が合っているし、この国のために働くことも性に合っている。

「そんなにいまの仕事が楽しいか？」

「それもありますが――私にはこの国に愛する人がいるので」

徳永は葵の顔を脳裏に思い浮かべ、口元を綻《ほころ》ばせた。

「君にそんな顔をさせるなんて、愛されている相手は幸せだな」

「そうでしょうか？　私の剝《む》き出《だ》しの気持ちを知れば、逃げてしまうかもしれません」

「本心は伝えてないということか？」

「……無限の将来が広がっているのに、自分のせいで世界が狭くなってしまうのだとしたら、公子はどうしますか？」

「難しいな。ただ、私はエゴイストだからな。相手にとっていいことではないとわかっていても手放せないだろうな。君も同じタイプじゃないのか？」

傲慢《ごうまん》で自信家で自分が世界の中心だった。自分が間違っていることがあるなどと、生きてきた中で一度も考えたことはなかった。だけど、葵を前にすると何もかもが揺らいでしまう。

「自分でもそう思ってたんですけどね」

ため息交じりにそう告げると、公子は声を上げて笑う。

「君みたいな男をそれほどまでに虜《とりこ》にするなんて、本当に魅力的な人なんだな」

「ええ、ものすごく」

脳裏に葵のはにかむような笑みを思い浮かべる。彼には誰より幸せになってほしい。もしも自分の存在が障害になるのなら、身を引くべきだ。

11

――私にはこの国に愛する人がいるので。

徳永《とくなが》のその言葉を聞いた瞬間、時間が止まった。

繋《つな》がらなかった通信が先ほど、急に繋がった。聞こえてきた音声から状況を察するに、睡眠薬が効いてきたスヴェンから電波を遮断する装置を取り上げて、スイッチを切ったようだ。

取り込んでいる様子が窺《うかが》えたため、こちらからは呼びかけることを控えていた。葵《あおい》たちが自分たちのやりとりを耳にしていることには気づいていない様子だった。

愛する人――相手の名前を聞かずとも、それが誰であるかは明白だ。やはり、彼はいまでも彼女のことを愛しているのだ。だけど、愛しているなら何故《なぜ》別れたりしたのだろう。

（……彼女のため、だったんだろうな）

裏の仕事には危険がつきものだ。きっと、彼女を危険に巻き込まないよう、身を引いたのだろう。

心臓が握りしめられているかのように苦しい。まるで、失恋ではないか。

（俺は徳永さんのことが好きなのか……）

往生際悪く目を逸《そ》らし続けてきた気持ちに、こんな形で向き合うことになるなんて。

「待鳥《まちどり》、大丈夫か？」

「え？」

「顔色が悪いぞ。具合悪いんじゃないのか？」

「そ、そうですか？」

インカムをつけていなかった佐波《さなみ》は、徳永と公子の会話を聞いていなかったようだ。

「ここのところ残業続きだったもんな。ちょっと休んできたらどうだ？　あとは俺が引き継いでおくから」

「じゃあ、お願いしていいですか……」

顔を洗ってこよう。そうすれば少しは気持ちが整理できるはずだ。席を立って、車の外に出たところで北條《ほうじょう》に声をかけられた。

「待鳥、ちょっといいか？」

「はい」

ついてくるよう促され、北條の車の助手席に乗り込んだ。

「今回は見事な働きだった」

「ありがとうございます」

北條の褒め言葉にもいまは実感が湧《わ》かず上滑りしていく。どうにか丸く収まったのは、偏《ひとえ》に徳永の働きによるものだ。

「事後処理はまだあるが、徳永からバディは今回限りでとの申し出があった」

「え？」

突然の話に頭の中が真っ白になった。

「私としては二人の相性は悪くないと思ってたんだがな。成果も上がってることだし、しばらく続けてみたらと云《い》ったんだが——」

「納得できません！」

葵が彼の思うような働きをしなかったからだろう。だけど、その理由も聞かせてもらえず一方的に関係を打ち切られるのは釈然としない。失恋した上にバディという立場もいま失うなんて耐えられるはずがなかった。

「気持ちはわかる。だが、あいつも頑固でな」

「せめて、徳永さんと話をさせてください」

食い下がる葵の様子に、北條は眉《まゆ》を下げる。

「……そうだな。一方的では納得もいかないだろう。呼び出しておく」

一人で待つセーフハウスは広くて、妙に落ち着かなかった。約束の時間はとうに過ぎているが、徳永は外交官としての事後処理で忙しいのだろう。

手持ち無沙汰《ぶさた》な時間を潰《つぶ》そうとテレビをつけると、画面に凜々《りり》しい表情をした公子の顔が映し出された。

『私はテロには屈しません。尽力してくれた日本の警察及び関係者の皆さんに感謝します』

大沼《おおぬま》が逮捕されたことは、ニュース速報で周知された。犯人が捕まったことで、チャリティーコンサートは明日開かれることになった。インタビューを受ける公子の笑顔を見ていると、徳永との会話を思い出してしまう。すぐに電源をオフにする。

玄関のドアが開く音がして、俄《にわか》に緊張感が増す。

「すまない、待たせたな」

「来ないかと思いました」

「そんなに信用ならないか？」

徳永は葵の言葉に苦笑する。信用できないのは徳永ではなく、自分のほうだ。彼にとってわざわざ時間を割《さ》く価値がある人間かどうか不安だった。

「何か飲みますか？」

「そうだな、水を――いや、酒をもらおうか。ああ、いい。自分でやる」

立ち上がろうとした葵を制して、徳永自らキッチンに立つ。セーフハウスの戸棚に酒が揃《そろ》っているのは、北條の趣味だろう。

「でしたら、俺にもください。同じのを」

「……わかった」

徳永は何か云いたげな顔をしつつも、グラスを二つ用意してくれた。琥珀《こはく》色の液体を注ぎ入れた一つを葵の前にコトリと置く。

「ありがとうございます」

これからしようとしていることを考えたら、酒くらい飲んでおきたい。葵はグラスを持ち上げ、一息に飲み干した。慣れないアルコールの強さに噎《む》せかける。

「おい、ストレートだぞ！　無茶な飲み方をするな」

「……大丈夫です。徳永さん、座ってください」

「あ、ああ」

葵が促すと、徳永は落ち着かない様子でソファに腰を下ろした。いつもはポーカーフェイスなのに、今日は逃げ出したいと顔に書いてある。

「……俺とのバディを解消したいと云っていると北條さんから聞きました」

葵はアルコールの勢いを借りて、口火を切った。

「ああ、云った。今回限りで終わりにしたい」

本人の口から聞くと、改めてダメージを受ける。それでも、バディを解消する理由を聞いておかなければ、前には進めない。

「俺では力不足ということでしょうか？」

「そうじゃない、完全に俺の都合だ」

葵を傷つけまいと曖昧《あいまい》に濁してくれているのだろうが、いまはむしろそんな優しさは逆に残酷だ。

「どういう都合ですか？」

「それは――俺ではお前の足枷《あしかせ》になると判断したからだ。俺と組まないほうが成長できるはずだよ」

「何を云っているんですか。俺はもっと徳永さんに色んなことを教えてもらいたいです」

「お前は優秀だ。初めから俺が教えるようなことはなかったよ。誰と組んだって力を発揮できるはずだ」

徳永が出任せを云っているわけでないことはわかる。本気で葵のことを慮《おもんぱか》ってくれているようだ。

「……わかりました。バディ解消を受け入れます。その代わり、最後にレッスンをしてもらえますか？」

徳永の隣に移動し、距離を縮める。

「待鳥――」

襟を摑《つか》んで引き寄せ、唇をぶつけるようにしてキスをする。

最後にもう一度抱かれたいなんて、ただの我《わ》が儘《まま》だ。だけど、この機会を逃せば二度と徳永との接点は持てないだろう。

「ちょっと待て。待鳥、落ち着いて話をしよう」

徳永の胸を強く突き、ソファに押し倒す。仰向けに横たわった彼が起き上がる前に跨《また》がった。そして、ネクタイを解《ほど》いて引き抜き、ワイシャツのボタンを外していく。

「……お前、クスリをやってるわけじゃないよな？」

「素面《しらふ》です。ちゃんと覚えておきたいですから」

「どういう意味だ？」

「言葉どおりの意味です」

本気で徳永に抵抗されたら、葵では敵《かな》わない。いまのうちにその気にさせてしまいたい。体重を乗せるようにして両肩を上から押さえつけ、再び口づける。

「ン、んん、ふ……っ」

彼から教えられたとおり、唇を食《は》み、舌を絡め、吸い上げる。

自ら舌を差し込み拙《つたな》い技巧を凝らしていたら、徳永も諦《あきら》めたように応《こた》えてくれた。あやすように舌を絡められ、蕩《とろ》けるような口づけに酩酊《めいてい》していく。

「ふは……っ」

息苦しさに顔を上げると、徳永は気遣わしげな眼差《まなざ》しをこちらに向けていた。葵は一瞬で翻弄《ほんろう》されてしまったのに、彼の瞳《ひとみ》は冷静なままだった。

徳永は葵が自棄《やけ》になっていると思っているのだろう。

「落ち着いたか？」

必死な自分とは裏腹な徳永の冷静な口調がやりきれない。この温度差が、自分の想《おも》いが一方的なものでしかないことを痛いくらいに思い知らせてくる。

「……徳永さんは俺とバディを解消したら、新しい人と組むんですか？」

「それはどうだろうな。組むかもしれないし、組まないかもしれない」

曖昧な言葉だが、否定ではないことは確かだ。

「やっぱり、嫌です。徳永さんが俺以外の誰かとこういうことをするかと思うと耐えられません」

「待鳥、何を云って――」

「ごめんなさい、俺、あなたのことが好きになってしまいました」

「――――」

「俺の気持ちに気づいたから、バディを解消しようとしたんじゃないですか？　個人的な感情が仕事に支障を来《きた》すことを心配したんですよね？」

「いや、俺は……」

「恋愛が御法度《ごはっと》だってことはわかってますし、もう二度とこんなことは云いません。あなたを好きな気持ちは忘れます。だから、これからもあなたのバディでいさせてください」

「本当に忘れられるのか？」

「……努力します」

いますぐは無理だろう。だけど、心の奥に押し込め続けていれば、いつか遠い思い出のようになるに違いない。

「俺には無理だ」

「徳永さんの気持ちはわかってます。別れた奥様のことをいまでも想っているんですよね？」

「ちょっと待て。何の話をしてるんだ？」

「公子との会話を聞きました」

徳永は公子へ彼女への思いの丈を話していた。

「お前は誤解してる。彼女のことを話していたわけじゃない」

「隠さなくたっていいじゃないですか。あんなに素敵な人なら誰だって惹《ひ》かれるはずです。俺はあなたに振り向いてほしいわけじゃないんです。ただ、側《そば》にいられたらと——」

「……あれはお前のことだ」

「何がですか？」

どうしていまの話に自分が出てくるのかわからず聞き返してしまう。

「——くそ、せっかく解放してやろうと思ったのに」

「どういうことですか？」

徳永は葵の体を押し返しながら、上半身を起こした。瞳を覗《のぞ》き込むようにして、葵に告げる。

「云っただろう？　俺がバディじゃないほうがいいだろうと思ったんだ。お前には未来がある。だけど、俺は自分のエゴでお前をスポイルしてしまうかもしれない。そんなふうになるのが嫌だったんだ」

「え？　え？」

「お前を前にすると理性を失う。そんな自分が怖くなったのかもしれない」

「徳永さん……？」

「俺が愛してるのはお前だよ」

「——嘘《うそ》」

信じられない言葉に耳を疑う。彼の瞳には秘めた炎のようなものが揺らめいていた。

「初めて逢《あ》ったときから惹かれてた。俺だって、本当はお前を手放したくはない。本当に大事にしたいんだよ」

「だったら、放さないでください」

葵は徳永にしがみつき、首筋に顔を埋《うず》める。彼が同じ想いを抱いてくれているなんて、夢にも思わなかった。

「本当にいいんだな？」

彼の危惧《きぐ》は理解できる。恋は人間を盲目にするものだと、葵も自ら思い知った。恋をしているせいで判断力を鈍らせることだってあるだろう。

だけど、そんなことになれば自分だけでなく徳永の評価を下げることになる。誓ってもいい、足を引っ張るような真似《まね》はしない。

「あなたのバディでいさせてください」

「これからも俺を助けてくれ」

「はい」

こうして落ち着きを取り戻すと、子供のように駄々を捏《こ》ねた自分が恥ずかしくなる。ねだって我が儘を通したようなものだ。

「……それで、続きはしてくれないのか？」

「え？」

「積極的なお前も悪くなかったんだがな」

「そ、それはその……っ」

自分が徳永の膝《ひざ》の上に跨っている状態だということを思い出した。最後だと思ったから大胆な行動に出られたけれど、いまとなっては恥ずかしすぎる。

「レッスンをしてほしいんだったな」

「んむ」

頭の後ろを押さえられ、こちらの口腔《こうこう》に舌を捻《ね》じ込まれた。嬲《なぶ》られるという表現が相応《ふさわ》しいほど口の中を荒々しく掻《か》き回され、経験値の差を見せつけられた。

徳永は忙《せわ》しなくジャケットを脱ぎ捨て、葵のワイシャツのボタンを外していく。気が急《せ》いているようで、ボタンがいくつか弾《はじ》け飛んだ。

「うん、ン、んっ！」

肌を弄《いじ》る徳永の手が胸の尖《とが》りを掠《かす》めていった。徳永はそこを指で捉《とら》え、撫《な》でたり抓《つね》ったりと弄《もてあそ》ぶ。以前は意識することすらなかった場所なのに、いまはシャツに擦れるだけで徳永の指や舌の感触を思い出してしまうようになった。

「んぁ、あ、あっ」

唇が解けた瞬間、上擦った甘ったるい声が漏れた。徳永はソファに葵の体を押し倒し、首筋を唇で探ってくる。

大きな手に体中を弄られるけれど、いつになく余裕のない触れ方だった。

ウエストを緩められ、ズボンと下着を剝《は》ぎ取られる。露《あらわ》にされた自身はすでに兆していて、徳永はその裏側をなぞり上げた。

「や、あ……っ」

思わず足を閉じかけたけれど、膝で割られ、腰を寄せられる。そうして、反り返った自身を握り込まれ、息を吞《の》んだ。緩く扱《しご》かれ、先端から体液が溢《あふ》れ出てくる。

「あっ、あ、だめ、そんな強くしたら……っああ！」

敏感な窪《くぼ》みを指先で抉《えぐ》られ、呆気《あっけ》なく達してしまった。徳永は白濁で汚れた指で、後ろの窄《すぼ》まりを探ってくる。思わず体を強張《こわば》らせたけれど、指は難なく入り込んできた。

「あ……っ」

自らの指がすんなりと飲み込まれたことに、徳永は目を瞠《みは》った。

「自分で慣らしてきたのか？」

「……はい」

徳永の指摘に顔を熱くしながら、小声で認める。これが最後だからと、スムーズに行くよう下準備をしてきたのだが、我に返ると恥ずかしさで叫び出したくなる。

「まったくお前は――」

苛立《いらだ》った様子で指を引き抜かれたかと思うと、体を裏返され腰を摑んで引き上げられた。

「⁉」

引き抜かれた指の代わりに猛々《たけだけ》しく漲《みなぎ》った屹立《きつりつ》を宛《あて》がわれる。そして、徳永は躊躇《ためら》いもなくそれを葵の中へと勢いよく押し込んだ。

「あ――！」

一息に奥まで犯され、悲鳴じみた声が上がる。

「これが欲しかったんだろう？」

オイルで慣らしたとはいえ、充分ではなかったのかもしれない。指とは比べものにならない質量に押し開かれた苦しさで息が詰まる。それでも、葵の体は欲しかったものを与えられ、歓喜に打ち震えてもいた。

「あっあ、あ、あ……っ」

指が食い込むほど強く腰を摑まれ、最奥を突くように腰を送り込まれる。激しい突き上げに悲鳴じみた声が上がった。

獣のように繰り返し穿《うが》たれ、内壁を硬いもので擦られる快感に喘《あえ》ぐ。キツく突かれるたびに、自身から滴《しずく》が溢れ出した。

「ああ、あっ、あっ、ああ！」

ガクガクと揺さぶられ、追い詰められていく。彼の動きが早くなり、終わりが近いことがわかる。やがて徳永は息を詰め、欲望の証《あかし》を葵の中に注ぎ込んだ。

「あ——」

体の中に熱いものを感じた瞬間、目の前が真っ白になる。葵もまた上りつめていた。

息を切らしながらソファに突っ伏して絶頂の余韻に呆《ほう》けていた葵から、徳永が抜け出ていく。

「んっ」

喪失感に不満を訴えようと体を捻《ひね》ろうとしたら、それよりも早く仰向けにされて足を割り開かれた。

「やっ、あ——……!?」

今度は何の抵抗もなく沈み込んだ彼の怒張を、葵のそこは物欲しげに締めつける。徳永は葵の腰を掴み、さらに奥まで押し込んだ。

内臓が迫《せ》り上がってきそうな圧迫感に息が詰まる。徳永は深く繋げた体を引っ張り起こし、お互いの体を入れ換えた。跨るような体勢を取らされ、葵は戸惑いを覚えた。

「自分で動いてみろ」

「そ、そんなの無理です」

もうすでに快感に蕩けさせられ、力が入らない。少しの刺激で怖いくらいに感じてしまうのに、深々と穿たれた状態で動いたらどうなってしまうかわからなかった。

「レッスンをつけて欲しいんだろう？　好きに動いたらいい。どうしたら気持ちよくなる？」

するりと太股《ふともも》を撫でられ、ぞくぞくと尾てい骨のあたりが震える。羞恥心《しゅうちしん》を堪《こら》えながら、徳永の云うとおりに体を動かした。

「う、んっ、んんっ」

とくに感じる場所に彼の先端が当たるように上下に腰を動かす。内壁が抉られるように突かれると堪《たま》らなく気持ちいい。

「そこが好きなのか」

「すき、きもちい……っ」

葵の動きに合わせて、徳永は下から突いてくれる。敏感な内壁を擦られる悦《よろこ》びに背筋を仰《の》け反《ぞ》らせる。律動に合わせて体が弾み、嬌声《きょうせい》と体液が止めどなく溢れ出した。

これ以上感じてしまうのが怖いのに、体は勝手に動いてしまう。

「あっあ、あ、あっ、はっ、徳永、さん……っ」

「一臣《かずおみ》だ」

「かずおみ…さん……？」

思い切って名前を口にすると、徳永は破顔した。

「愛してるよ、葵」

不意に名前を呼ばれ、心臓が止まりかけた。視線を交わらせると、言葉よりも雄弁な眼差しで見つめられる。

「……っ」

堰《せき》を切ったように涙が伝い落ちてきた。胸に溢れる感情が涙腺《るいせん》を緩めてしまう。悲しいわけではないのにと戸惑っていると、徳永が優しく指で涙を拭《ぬぐ》ってくれる。

「すみません、泣く、つもりじゃ……」

「いいんだ。無理に泣き止《や》まなくていい」

――好きだ。この人が堪らなく好きだ。

葵はしがみつくように抱きつき、深い口づけを交わした。

12

「……痛っ」

葵《あおい》の目覚めはいいほうだ。毎朝、ぱちりと目を覚まし、眠気を引《ひ》き摺《ず》ることなく起き上がることができる。しかし今朝は、体験したことのないような頭痛に覚醒《かくせい》させられた。

(何でこんなに頭が痛いんだ……?)

頭の中でズキズキと響く鈍痛に歯を食い縛っていると、ドアが開く音がした。

「大丈夫か、待鳥《まちどり》」

「徳永《とくなが》さん……」

徳永は相変わらずの隙《すき》一つないスーツ姿で寝室に現れた。

「やっぱり、二日酔いになったな。水と薬を持ってきた」

「ありがとうございます。これが二日酔いなんですね……」

徳永から薬とペットボトルを受け取り、冷たい水を喉《のど》に流し込む。一本飲み干したところで、少し落ち着いた。動かなければ、酷《ひど》い痛みには見舞われないことに気がついた。

「気分はどうだ?」

「少しよくなりました」

「体のほうは大丈夫か?」

「体?」

徳永はベッドの縁に腰掛けると、顔を近づけ、耳元で囁《ささや》いてきた。

「ずいぶん無茶をさせただろう?」

「そんなことは――」

深く考えずに否定しかけ、昨夜のことを思い出した。

（そうだ――）

葵は勝手に勘違いをし、自棄《やけ》になって暴走した。勢い任せで徳永を襲うなんて、冷静になったいまは昨日の自分が信じられなかった。結果的に徳永に受け止めてもらったからいいものの、そうでなければ迷惑以外のなにものでもない。

羞恥《しゅうち》と後悔でじわじわと顔が熱くなってくる。穴があったら入りたいくらいの気分だったが、いまは隠れられる場所もない。

「き、昨日は大変なご迷惑をおかけして、どうお詫《わ》びをしたら……」

「何を云《い》ってる。本音が聞けて嬉《うれ》しかった。あんな大胆な面があるなんて驚いたけどな」

「忘れてください……!」

「忘れるなんて勿体《もったい》ない。一生覚えてるよ」

「そんな――」

思わず例のクスリを投与してしまいたい衝動に駆られる。記憶を失う副作用があるとい
う、あれを使えば自分の痴態を含めて忘れさせることができるのではないだろうか。

「何を考えてる?」

徳永にじっと見つめられ、落ち着かない気持ちになる。

「な、何でもありません」

警察官だというのに不穏なことを考えてしまった。失態をごまかすために違法薬物を使
おうだなんて以《もっ》ての外《ほか》だ。

「あの、そういえば恋愛禁止でしたよね?」

さらなる問題が脳裏を過《よぎ》る。【NOIS《ノイズ》】は職場恋愛は禁止だ。とくに、バディ間での
交際は厳しく咎《とが》められる。やはり、バディを解消したほうがいいのだろうか。

「二人だけの秘密だな」

「でも、ボスに隠しごとなんて……」

観察眼の鋭い北條《ほうじょう》に見破られない秘密など持てるとは思えない。

「大丈夫だ。俺に任せてくれれば心配ない」

「本当ですか?」

「まあ、どうにかなるだろ」

「徳永さ――」

ほんの一瞬、斜め上に視線を向けた徳永に一抹の不安を覚えたけれど、近づいてきた唇を避けることはできず、葵の追及はキスに封じられた。

甘く柔らかな感触に逆らうことなどできるわけもなく、二日酔いの頭の痛みごと蕩《とろ》けさせられてしまうのだった。

あとがき

こんにちは、ホワイトハートさんでは初めまして、藤崎《ふじさき》 都《みやこ》です。

この度は拙作をお手に取ってくださいましてありがとうございます！

今回は私の作品では毛色の珍しいお話になりましたが、いかがでしたでしょうか？　警察モノは読者としても大好きなので、書かせていただけて嬉《うれ》しかったです！

皆様に少しでも楽しんでいただけているといいのですが……。差し支えなければ、感想など聞かせていただけると幸いです。

今作はあづみ冬留《とおる》先生に美麗で素敵なイラストを描いていただきました。葵《あおい》も徳永《とくなが》も美人で男前で眼福です！　本当にありがとうございました！

担当さんを始め、お世話になりました関係者の皆様にもお礼申し上げます。

それでは。またいつか、どこかでお会いできますように！

二〇二〇年二月

藤崎　都

『NOIS《ノイズ》　警視庁国家観測調査室』、いかがでしたか？

藤崎《ふじさき》都《みやこ》先生、イラストのあづみ冬留《とおる》先生への、みなさまのお便りをお待ちしております。

藤崎都先生のファンレターのあて先

〒112-8001　東京都文京区音羽2-12-21　講談社　文芸第三出版部「藤崎都先生」係

あづみ冬留先生のファンレターのあて先

〒112-8001　東京都文京区音羽2-12-21　講談社　文芸第三出版部「あづみ冬留先生」係

N.D.C.913　223p　15cm

藤崎 都（ふじさき・みやこ）
3月20日生まれ、魚座、O型。
Twitter：@mykfjsk
趣味は映画・海外ドラマ鑑賞。
最近はホラーばっかり見ています。

講談社X文庫

white heart

NOIS《ノイズ》 警視庁国家観測調査室《けいしちょうこっかかんそくちょうさしつ》

藤崎《ふじさき》 都《みやこ》

●

2020年 4 月27日　第 1 刷発行

定価はカバーに表示してあります。

発行者——渡瀬昌彦
発行所——株式会社 講談社
東京都文京区音羽2-12-21 〒112-8001
電話 編集 03-5395-3507
販売 03-5395-5817
業務 03-5395-3615
本文印刷ー豊国印刷株式会社
製本——株式会社国宝社
カバー印刷ー半七写真印刷工業株式会社
本文データ制作ー講談社デジタル製作
デザインー山口 馨

ISBN978-4-06-519265-8